T0323785

# ITHUBA LESIBILI

## Kwenzakwenkosi Mondli Mdletshe

# INOVELI YESIZULU

www.bhiyozapublishers.co.za

# ITHUBA LESIBILI

# (SECOND CHANCE)

Bhiyoza Publishers (Pty) Ltd

Johannesburg, South Africa

Bhiyoza Publishers (Pty) Ltd
PO Box 1139
Ridgeway
2099

Email: info@bhiyozapublishers.co.za
www.bhiyozapublishers.co.za

First edition, first impression 2020

ISBN: 978-0-6398095-9-5

Cover design: Yanga Graphix (Pty) Ltd
Layout and typeset: Yanga Graphix (Pty) Ltd

# Okuqukethwe

# ISANDULELO

Uma isono sesimngene umuntu simbamba thaqa, kuthi noma sekwenziwa zonke izaba ukuze atakulwe, amonyulwe esonweni – naye athembise aze alekelele ngokuciphiza izinyembezi ethembisa ukuthi uyaphuma esonweni. Azisole. Anyulwe. Abekwe ngaphandle kwaso. Ajeqeze emuva. Akubone kuyigolide konke lokhu aphuma kukho. Kuthi kungazelelwe, gxumbu futhi! Phakathi kwalasha. Abuyele odakeni njengengulube. Yisono-ke leso. Kule ndaba sithola abalingiswa becwila ezinkingeni, baphunyule kodwa babuyele khona njengokugiya ngoba bebona sengathi kumnandi la bekhona.

Kubanjalo futhi nakuPhakamani oqala izindlela zobumnyama, ezifaka esilingweni sokujola kanti unomkakhe ayesemethembisile ukuthi kuyoba nguye nguye. Ungena ebudlelwaneni obusha ngenxa yamaphutha akhe ayizolo kodwa uma esephakathi uzizwa esephithanelwa yikhanda – sithi nxa isinqandamathe sakhe esisha sithi akagxume, abuze ukuthi kangakanani.

Yebo, kubuhlungu okwehlela abesifazane abayizisulu zokudlwengulwa. Kwenza impilo yabo ingapheleli. Bakhula nokhwantalala lwaphakade, bangaphinde bethembe muntu. Singeziqede izindikimba ezincane ezithungwe kule ndaba zakha indikimba eyodwa ethi UKUNGETHEMBEKI akunamvuzo nanini!

Siyancomeka isineke sombhali nendlela nje aphothe ngayo indaba yakhe. OkaMsindazwe uphenduka umkhunkuli ngokuthumba ingqondo yomfundi, ayithwebule igcine ibheke yena yedwa nendaba ayixoxayo. Alukho olunye ongaphinde ulwenze noma ulucabange uma uke waqala ukufunda le noveli kaMdletshe.

Kunye nje okusenza sijabule uma sibona imisebenzi enjengalena ishicilelwa, ifundelwa abalaleli emisakazweni – ukuthi okungenani aluseyukufa lulale bhu phansi ulimi lwethu lwebele nxa kufa amadlozi asaphilayo, oSolwazi DBZ Ntuli, oSolwazi CT Msimang, oSolwazi AM Maphumulo nabanye. Nginesiqiniseko sokuthi naba oMdletshe bayozigqoka izihlangu zamabutho – iqhubeke indlela ephikelele empini yamabhuku. Nakanjani kule mithonselana yamaciko osiba asasele ayosikhumbuza isizukulwane esidwenguliwe ngolimi, nesizukulwane esizayo ukuthi nakhu njalo empeleni lapho esasikhona. Nakhu emanxiweni kaZulu. Siyobona isizukulwane ukuthi nebala kwakwakhiwe kwaZulu.

Funda-ke muzi kaPhunga noMageba bese nizithathela nina isinqumo sokuthi makajojwe umthakathi noma uyaqhutshwa ayomangalelwa – agwetshwe ngesimfanele isigwebo emveni kokuziphendulela. Ngithi nje nali ishungu lesizukulwane ake nizikholise hleze ingqondo ihlakazeke bese sikhumbula ukuthi singobani kakade thina, futhi sivelaphi.

Isezithebeni!

SOZ Mkhize

# AMAZWI OMLOBI

Kwesinye isikhathi kufanele sivume ukuthi imisebenzi yobumnyama iza nezinguquko eziningi empilweni yethu. Yize yaziwa ngemisebenzi engemihle, kodwa iqiniso lithi kukhona iqeqebana labantu abaziphilisa ngayo mihla namalanga. Kokunye kusuke kungesikho ukuthi nabo iyabathokozisa kodwa sekwaba yinsila nje abayembethe okungaziwa ukuthi isuke iyokhucululwa ubani ovela kuphi. Yize kunzima ukwamukela ezinye izimo empilweni, kodwa-ke ezinye kuyimpoqo ukuzamukela ngoba zisuke sezenzekile futhi zingeke zisacisheka.

Kuyiqiniso elingephikwe ukuthi wonke umuntu ophila ngaphansi komthunzi welanga uyalidinga ithuba lesibili emuva kokudlula ezintweni ezithile. Kokunye usuke ekholwa ukuthi angenza kangcono uma kuqhathaniswa nesikhathi esedlule.

Kule ncwadi umbhali usilandisa kabanzi ngempilo kaMandisa Dlamini okwathi langa limbe wanukubezwa ngokocansi. Ngenkathi enukubezwa uMandisa

7

wazibekela umgomo wokuthi akasophinde azihlanganise nomuntu wesilisa empilweni yakhe. Zitholele ukuthi impilo iba njani emuva kwalokho.

"Abantu bami bayabhubha ngenxa yokweswela ulwazi." Encwadini yethu thola ukuthi kuyingozi kangakanani ukungabi nalwazi ikakhulukazi entsheni ezinze ezindaweni ezisemakhaya.

Ngithi emndenini wakithi wakwaMdletshe endaweni yakwaSonto, kwaMhlabuyalingana kanye nakothisha bami basesikoleni iPhumani Primary School kanye nase-Idundubala Secondary School, nakhu engikuhabulisa isizwe.

Ngu: Kwenzakwenkosi Mondli Mdletshe

# Ngaphambi Kwendaba

UMandisa wayehambe ngezikhathi zantambama njengenjwayelo eya kumngani wakhe uSenzeko laphaya ngaphesheya kwaZwane. Phela njengoba kwase kuyilesi sikhathi sonyaka nje lapho abafundi behlolelwa ukuphela konyaka, laba bobabili babezinqumele ukuthi bazofunda ndawonye njengabangani. Yize babengaqali ukukwenza lokhu kodwa kwase kudlondlobele njengoba base benza umatikuletsheni nje.

Kwathi lapho beqeda nje ukufunda sebekuqinisekisile nokuthi sebelilungele iphepha langakusasa base bephelezelana-ke ukuze bezothola isikhathi esanele sokulala. Kakade kuthiwa vele kubalulekile ukuzinika isikhathi esanele sokuphumuza umzimba ngaphambi kokubhekana nesivivinyo. Lokhu-ke kusiza ekutheni ingabibikho ingcindezi kulowo ohlolwayo. Njengasemihleni-ke uSenzeko wajika lapho ajwayele ukujika khona uma ephelezela uMandisa. Yebo, wayeye ambeke lapha ngoba usuke esewubona umuzi wakubo.

Okusuke kusamsalele nje uMandisa yikho ukuthi agudle leli hlathi elikhulukazi, nokho elidume kabi bese kuba yima efika ekhaya. Lona leli hlathi liyingozi kodwa kakhulu uma uzongena phakathi kulo. Impela kulo akuyi olubuyayo, olubuyayo lubuya lungayifuni indaba.

"Kulungile mngani, asibonane kusasa ekuseni. Ungakhohlwa njalo ukuthi sithe i-*radius* inguhhafu we-*diameter*, uma unikwe i-*diameter* uhlukanisa ngo 2, kanti uma unikwe i-*radius* uyiphindaphinda kabili," kwakusho uMandisa ngenkathi evalelisa kuSenzeko okwakuke kwaba umzukuzuku ukuthi abambe umehluko phakathi kwalezi zinto zombili ngenkathi befunda benoMandisa. Bahleke bobabili. Behlukane.

Wayesahambe ibangana nje uMandisa ngenkathi ezwa izigi ezaziqhamuka ngaphambi kwakhe. Ukushesha kwazo ikhona okwamenza akangakwazi ukuchezuka acashe. Wayesadidekile nangenkathi ezwa ukuthi ngathi lezi zigi ziqhamuka ndawo zombili, emuva naphambili. Wayesadidekile futhi nangenkathi ezwa ngento nje emxhakathisayo nokwagcina ngokuthi ezwe ukuthi hhayi bo, yisandla somuntu lesi.

10

Ukukhala kwakhe akuzange kuzwakale ngenxa yokuthi ngomzuzwana wayesevalwe umlomo ngokusadukwana. Hleze ukube wayengavalwanga umlomo wayezomuzwa uSenzeko ngenkathi ekhala ngoba babesanda kwehlukana.

Wayethi uzama ukudlubulundela nangenkathi eqaphela ukuthi babili laba bantu abambambileyo. Njengamuphi nje umuntu wesifazane ongaphunyuka kwabesilisa ababili? Yebo, wayedinga inhlanhla esamlingo ukuze aphunyuke lapha, nokho imizamo yakhe yagcina iphelele eboyeni njengezithukuthuku zenja. Okwakumdida nje ukuthi laba bantu bangena naye kuleli hlathi lezimanga! Imibuzo eyalandela lapho yayithi kungenzeka yini ukuthi yibona laba abayisizathu sokusabeka kwalo noma cha? Kungabe sekungukufa kwakhe njalo? Azame bandla ukudlubulundela kodwa kube nhlanga zimuka nomoya.

Emuva komzuzwana abalisa laba base bembophe izandla nezinyawo ngale ndlela yokuthi wayengasakwazi nokunyakaza kodwa lokhu. Isibibithwane esihambisana novalo yisona esasesimenze wandwaza sengathi ushokhekile. Baqala-ke abalisa laba bashintshana ngaye, benikezelana ngomzimba wakhe owawumsulwa, ungasazi kwakusazi isono. Wawusadungekile umqondo wakhe nangenkathi bemshiya kanjalo bengamqaqile, behamba. Wayengazi nokuthi uma kukhona umzamo ayengawuzama ukuze aphunyule lapha kwakungaba yimuphi. Okwase kumkhalisa kakhulu manje yileli gazi elase ligeleza emilenzeni elalimenza angakholwa ukuthi ngomzuzwana nje akasaphelele kulokhu abezigcine eyikho kule minyaka edlule. Yebo, umzimba wakhe wase unukubeziwe, wangcola kwavuleka kuwo ikhasi elilotshwe ngegazi.

"Ngoba sebekwenzile ekade bekufisa, pho kungani bengangidedelanga ngihambe?" uMandisa ekhulumela ngaphakathi kwazise wayesabophekile. Lokhu kwakumenza ukuthi angakwazi ukumemeza ukuze athole usizo hleze kumuntu odlula ngendlela. Wo, hhe! Ziwohloke bandla izinyembezi kumntanomuntu aze abe nesilokozane. Okwase kumfikela wukuthi kungenzeka lezi zigilamkhuba ziphinde zibuye sezizombulala, ziqede nya ngaye. Imvula eyanetha ezintathakusa yamthola esehlathini uMandisa yaze yaphelela kuye. Amakhaza ayeshubisa umkantsha ezenzela nje kuye kungathi abanjelwe, kakade vele ayebanjelwe. Kwaze kwasa chi ekuseni uMandisa esalokhu elele engumfunzana endaweni yesigameko. Wayeyibona bandla imisebe yelanga eyabe isiphumile ayifise kulawa makhaza ayewezwa. Ngebhadi-ke yayingafinyeleli kuye njengoba wayephakathi kwemithi emikhulu eyayivimbanisile.

Njengasemihleni-ke uyise nonina kaMandisa bavuka balungiselela ukuya emsebenzini. Akekho kubo owayengacabanga into embi okwakungenzeka ukuthi yehlele uMandisa. Kokunye babengakuthola nje ukugxekwa ngalesi senzo sabo sokungabi namnyakazo ngodaba lukaMandisa kodwa iqiniso lithi kwakusemuva kakhulu ukuthi bangacabanga ukuthi uMandisa uvelelwe yinkinga. Nokuthi nje phela bona babazi ukuthi ukwamakhelwane, futhi nje ukumngani wakhe omkhulu. Kule ndawo-ke ingane iyalala kwamakhelwane kungabi nankinga kwazise isuke ithathwa njengengane yakhona. Konke lokhu kwabenza bazithela ngabandayo, nanokuthi-ke elokufa phela alitsheli.

"Ayi, okusho ukuthi le ngane isiyobuya ntambama uma beqeda ukubhala."

"Impela, kusobala ukuthi bafuna ukwenza ezibukwayo uma sekuphuma imiphumela," uDlamini efakazelana nomkakhe ngenkathi bephuma beyongena emotweni, beqinisekisa ukuthi bashiya behluthulelile ezindlini ngokwazi ukuthi uma ebuya uMandisa ngesikhathi ayezobuya ngaso wayezosebenzisa ezakhe izikhiye ukuvula endlini. Nebala baphuma bephikelele emsebenzini. Yebo, babeyoze babuye ntambama seliyozilahla kunina.

\*\*\*

Kwaze kwafika isikhathi sokuthi bangene emagunjini okubhalela engazange amfanise nangalukhalo umngane wakhe uSenzeko. Yize lokhu kwakumdida uSenzeko kodwa wabuye wanganaka. Phela uMandisa lona ungumuntu ovamise ukushiywa yisikhathi. Bheka nje ngoba selokhu kwakuqalile ukuhlowa uMandisa wayezifikela sekusele imizuzu engamashumi amathathu ukuthi kuqale iphepha, aphinde aphume azihambele uma

14

eqeda. Wayesuke enzela ukuthi angalokhu exoxa ngento ebikade isephepheni njengoba iningi labafundi livamise ukwenza njalo emuva kokuqeda ukubhala. Yena-ke yayimdina leyo nto ngoba isuke yenze umuntu ahambe esephatheke kabi ngoba ephendule ngendlela eyehlukile kuleyo iningi eliphendule ngayo. Kwazi bani? Mhlawumbe usuke ephendule kahle nje. Phela kuthiwa iningi liyabona ububende.

Yingakho-ke uSenzeko engamangalanga nangenkathi sebeqedile ukubhala, uma ebheka umngani wakhe engamboni. Futhi-ke kwakungekho lula ukuthi ambone kwazise bahlaliswa ngokulandelana kwezibongo zabo. Kwamagumbi abo okubhalela ayehlukene njengalokhu uMandisa engasekuqaleni njengoba engowakwaDlamini nje. Kanti uSenzeko yena ungasekugcineni njengoba engowakwaZwane.

Waze waqala ukuqaphela ukuthi kukhona okushaya amanzi uSenzeko ngenkathi ebizwa uthisha uHlatshwayo embuza imbangela yokungezi ukuzobhala kukaMandisa. Yize ayengakukholwa lokhu ayekuzwa uSenzeko, kodwa uthisha uHlatshwayo wakuqinisekisa ngokumkhombisa isikhala esasingasayiniwe maqondana negama likaMandisa ohlwini lwabafundi abebekhona ngenkathi kubhalwa. Phela ukusayina lokhu yikhona okusuke kufakazela ukuthi umnikazi wegama lelo ubhalile.

Laqala-ke laduma ikhanda kuSenzeko engazi nokho ukuthi lalisazoduma kakhulu kunalokhu elaliduma khona.

\*\*\*

Ukulwa ezama ukuqaqa lezi zintambo ayeboshwe ngazo uMandisa ikhona lokhu okwase kumenze wahuzuka lapha ezihlakaleni kanye nasemaqakaleni. Wayethi uma enyakaza nje, intambo lena ingene enyameni, imsike. Indlala kanye nokomela amanzi ezinye zezinto ezaba yimbangela yokuthi aphelelwe amandla. Bheka ngoba waze wafikelwa ubuthongo, wazumeka walala zwi.

Nokuthi wayesaphila nje kuleli hlathi eliyingozi kangaka, elikhulukazi, kwakuwumusa. Lapha kwakungafika noma yiluphi uhlobo lwesilwane lusine luzibethele kuye, lumdwengule. Wo hhe! Yeka esefile engaziwa ukuthi waphelelaphi, kungatholwa ngisho nethambo lakhe lodwa leli!

16

## 1. Ngangithi Kuphelile

Yileso-ke isizathu esenza uPhakamani aqaphele ukuthi kukhona okushaya amanzi lapha kuMandisa. Selokhu aqala ukusebenza nalona wesifazane uPhakamani kunezimpawu ezazilokhu zivela kancane kancane, zimveza njengomuntu onengcindezi, ongakhululekile neze emoyeni.

"Mandisa, awudingi mhlawumbe ukuthatha ikhefu cishe izinsukwana nje bese ubuya-ke, hleze ubuye usukulungele ukusebenza?"

"Hawu, Phakamani! Uyaphi lo mbuzo wakho?" UMandisa ehwaqa.

"Ukuthi nje sekukaningi ngikuqaphela ukuthi awukho esimeni sokusebenza. Ungathi umqondo wakho uhlwithiwe wayobekwa kude la okungelula ukuthi uwuthole khona."

Adonse umoya uMandisa.

"Uyazi… ungowokuqala ukuqaphela lokho kimi. Empeleni ngisaba ngisho ukumbheka emehlweni umuntu

17

wesilisa. Angisayiphathi-ke eyokusebenza naye. Kuvele kuthi angizigqimuze phansi ikakhulukazi uma kuzoba yimina okumele aqale inkulumo."

Axakeke nje uPhakamani ukuthi uMandisa lona uzama ukuthini ngempela.

"Hawu, Mandisa! Yini? Kwenzenjani?"

Bakhuluma nje sebeyophuma emnyango wesibhedlela baphikelele ehhovisi ukuyosayina kwazise phela sekuyisikhathi sabo sokushayisa emsebemzini. Emuva kokusayina babe sebephumela ngaphansi endaweni yokupaka izimoto esetshenziswa yizisebenzi zalapha esibhedlela. Yize kwakuvuka ubuhlungu kuMandisa ngale nto kodwa wagcina ekwazile ukumzekela yona yonke njengoba injalo uPhakamani njengoba wayebabele ukuyazi.

"Mmmm! Ithanda ukuba nzima-ke le nto engiyizwayo Mandisa. Manje... eshi! Wagcina ubatholile pho abeluleki bezengqondo ukuze uthole usizo mayelana nalolu daba?"

18

"Empeleni ayikho indawo engingayihambanga Phakamani. Ngibala wena *Private Hospital, Private Psychologist* wenani, wenani. Ngaba nenhlanhla nje yokuthi abazali bami babesebenza ngaleso sikhathi. Bazama bandla ngakho konke okwakusemandleni abo ukuthi ngisizakale, yebo njengokwezifiso zabo ngasinda. Okubi nje ukuthi kuleso sigameko kulapho engalahlekelwa khona ubuntombi bami engangibugcinele owesilisa engingakungabazi ukuthi wayezojabula ukungithola ngisaphelele emuva kokumvulela angene kweyami inhliziyo. Ngangithi nami kuzofika lesi sikhathi senginaye umntwana. Leso-ke yisifiso sanoma yimuphi owesifazane ophila ngaphansi komthunzi welanga ukuthi langa limbe kube khona umphefumulo ofike ngenxa yakhe kulo mhlaba omagade ahlabayo. Ngebhadi-ke odokotela bangitshela ukuthi isibeletho sami angeke sisakwazi ukwamukela imbewu ezotshalwa owesilisa ngenhloso yokuthola umntwana. Lokhu kungenxa yesihluku nendluzula eyasetshenziswa mzukwane ngehlelwa yilesi sigameko," uMandisa egwajaza, ebamba izinyembezi ngezinkophe.

19

Ukhuluma konke lokhu nje wencike emotweni yakhe, ezandleni lapha ugone ijezi lasemsebenzini. Umbuka ngqo emehlweni uPhakamani ngawakhe akhathele akhathazwe wusizi lwakulo mhlaba, kungathi uthi ngibonise indlela. Kakade vele indlela yakhe yayivalwe umuntu wesilisa ofana naye uPhakamani lo. Pho yini eyayingamenza ahluleke ukuyikhanyisa ukuze ingane yabantu lena izoqhubeka ihambe uhambo olungukufeza amaphupho ayo kamuva nje ayeseshabalele?

UMandisa lona nasemaphusheni wayengakaze acabange ukuba umhlengikazi. Nokho indlela abahlengikazi abenza ngayo ukusindisa impilo yakhe eyayilengela eweni, iwa elingukufa iyona eyamhlaba umxhwele. Wavele wazibona naye esiza omunye woMandisa osazokwehlelwa yisimo esifana ncimishi nalesi esehlela yena ngelinye ilanga. Phela izimo lezi ngokwahlukahlukana kwazo zehlela abantu, bona kanye laba abaphila ngaphansi komthunzi welanga. Pho kungani sizocabanga ukuthi isimo esedlule asisoze sehlela omunye ngelinye ilanga?

Bahlukana-ke laba bobabili abase benokusondelana okulingana nokobungani - bavalelisana ngethemba lokuthi babezobonana ngakusasa khona emsebenzini.

Wake wama uPhakamani amehlo akhe ewathe njo kuMandisa owavula isicabha semoto maqede wayihlehlisa nyovane kancane kancane eyikhipha, inyonyoba ize iyoma esangweni nalo elanele lavulwa yabe isinyelela kancane ibamba umgwaqo wetiyela, ihamba ibangana nje elingatheni maqede yachezukela esandleni sangakwesobunxele isiphikelele emqashweni okuqashe kuwo uMandisa.

Emuva kwesikhashana naye uPhakamani wathatha eyakhe imoto waphuma. Wayesamangele, emangazwe ukuzwa lesi simanga sikaMandisa nangenkathi ecishe eshayisa ingane ayengayazanga ukuthi yayingene manini emgwaqeni. Phela ngalesi sikhathi izingane lezi zisuke sezithe chithi saka lapha emgwaqeni kwazise zisuke zisanda kuphuma ezikoleni. Ngehlanhla wayibamba imoto uPhakamani ingakafiki enganeni. Akazange akhulume kakhulu kalokhu naye wayebonile ukuthi ingqondo yakhe ayikho lapha emgwaqeni, hleze iphutha lalibe kuye. Wagcina ngakho nje ukukhipha isandla ekhombisa ukuxwayisa ingane lena ukuthi uzoyifaka uswazi ngokuzayo uma kwenzeka okufanayo.

Abanye abantu ungababona behamba bese uzitshela ukuthi konke kuhamba kahle empilweni yabo kanti hhayi bo, uyazikhohlisa, nakubona ligaya ngomunye umhlathi. Yebo, kakade vele usizi lolu ngaphambi kokuthi lubhalwe emehlweni kumuntu lusuke sekukade lwaqala lumququda ngaphakathi nokho engekho okuqaphelayo lokho. Ngesikhathi seluvela ngaphandle-ke kusuke sekonakele isibili.

Wayeqala ngoPhakamani uMandisa ukuxoxela umuntu le nkiyankiya yodaba lwakhe omane uthi ungayizwa uvele uhlasimulelwe umzimba wonke. Yebo, wayemzekela yona ngaphandle kwezinhloso eziningi kodwa wayekwenza lokhu ngenxa yokuthi kwase kumhluphe izikhawu eziningana uPhakamani kangangokuthi waze wakuphimisela ngisho ukukuphimisela. Isikhathi esiningi-ke kuye kuthi uma abesifazane bezendlala kwabesilisa bebatshela ngobunjalo bempilo yabo kube wukuthi sebezilayile. Ingani onkabi laba baye babone

22

intuba yokungena kulowo wesifazane besebenzisa isimo sakhe njengesizathu sokuthi bangene bagxile lapha kuyena. Imvamisa bavame ukusebenzisa uzwelo njengenye yezinto ezimqoka ukuze bazisondelanise nalowo osuke esenkingeni ngaleso sikhathi. Uye uxakeke nje ukuthi lolu sizo oselumandla kangaka oluqiqingwa ngethileyikazi luvela kuphi muva nje. Ngeshwa-ke uMandisa lona wayengeke nje ayimele leyo yokuzoshushuzelwa wumuntu okungesiyena unina okanye uyise. Phela abantu laba uye uzitshele ukuthi bayakuzwela kanti hhayi bahleka inhlinini. Uyothi uyaqamba uyaphaphama ususele wedwa futhi, ufe isibili.

Yingakho-ke uMandisa engazange alindele lukhulu oluzovela kuPhakamani emuva kokuthi esemxoxele ngesimo sakhe. Ingani wazibekela umgomo wokuthi akasoze yena azilahlele kumuntu wesilisa nangelilodwa ilanga leli. Ngokwakhe wayethi uma ebona umuntu wesilisa avele azibonele isilwane uqobo lwaso. Kokunye kusuke kungezwakala kangconywana uma kungathiwa le mikhuba eyamehlela yayigilwa yizilwane. Ingani zona vele kwaziwa ukuthi azicabangi okufinyelela ezingeni

23

abantu abacabanga ngalo. Lutho-ke eLuthela. Kwakuyibona abantu ababegile lo mkhuba owawungawuphetha ngokuwubiza ngehlazo.

\*\*\*

Akukuningi azihlupha ngakho uMandisa okuthinta ubuyena ngaphandle komsebenzi wakhe wokuba umhlengikazi. Bheka ngoba kuye kuthi uma eseqede ukuba matasa ngamabhodwe bese engena ezimpahleni zakhe zokuzivocavoca. Kakade vele yena ukholelwa ekutheni umzimba ukuze ugcineke uphilile udinga ukunyakaziswa nsuku zonke noma-ke kungaba imizuzu engamashumi amathathu nje kuphela. Emuva kokuzivocavoca ube esephetha usuku lwakhe ngokuthi azifundele amaphephabhuku aphinde azibukele umabonakude. Uma enze njalo okaDlamini hhayi-ke usuke esixoshe wasiqeda nya isizungu. Kuze kulamule lona iqhawe leli eliwubuthongo okuyilo elifika limehlukanise nosofa ngoba selimthumela embhedeni.

Yize wayewukhumbula umuzi wakubo okwabe sekunguye osele nawo kodwa wayezizwa ekhululekile uma engekho kuwo. Into emdinayo nje ngawo ukuthi uvele umkhumbuze uyise nonina abangasekho. Umane acabange lokho avele akhumbule uthando lwabo ababemnika lona ngenjengane yabo okwakuwukuphela kwayo ebaleni. Ngaphezu kwalokho uvele ushone phansi umoya wakhe uma ecabanga leya ndawo yaseMzimkhulu akhulela kuyo. Namanje usazibuza uyaziphendula ukuthi kwakundawoni le engcole ngaloluya hlobo. Wayeze acabange ukuthi ukube uyazenzela nje ubengavele akhe owakhe umuzi kude le endaweni engeke imcabangise ububi obamehlela. Ngenkathi elulekwa ngokwengqondo emuva kwalesiya sigameko wayezitshela ukuthi kuphelile, kodwa kancane kancane kuya ngokuya kuvuka wena owabona umuntu evukwa wumthungo weminyakanyaka.

Yaqhubeka yangqubuzana imibono engqondweni yakhe ngokwakufanele akwenze. Omunye wawuthi makavele azitholele indawo khona lapha eMseleni amane ahlale ungiyahlala, kanti omunye wawumbuz' ukuthi uzosenza njani lesiya sithabathaba somuzi wakubo eMzimkhulu? Impahla ephakathi yona? Kaningi kuye kuthi-ke uma ishayisana kanje imibono bese kuphumelela owodwa, lowo osuke unezizathu ezivuthiwe neziphusile. Yebo kwaba njalo nakuye uMandisa. Phela umuzi lona uyinto edayisekayo nje kungabi ndaba zalutho. Futhi-ke kwakuzoba lula ukuwudayisa ngoba wawungenawo amaliba egcekeni. Nangaphezu kwalokho nje usezingeni eliphezulu. Lokhu kwamenza akangakungabaza ukuthi uzothengwa ngokuphazima kweso.

## 2. Abuna Amacembe

Kwakumkhathaza uPhakamani ukubona umuntu wesifazane ofana noMandisa egajwe wusizi ngale ndlela, akhohlwe nokho ukuthi usizi lolu luyinto yanoma ubani. Waqala-ke wayizwa ishaya ngamandla inhliziyo yakhe uma ecabanga ngalona wesifazane omoya wakhe uthobekile, onhliziyo imnene. Owesifazane onesibindi, ongesabi lutho. Ababaningi abesifazane okungaba lula ukwenza le nto eyayenziwe uMandisa. Lokho nje kukodwa yikhona okwenza uPhakamani walala waphenduka, nokwagcina ngokuthi amazise uMandisa ngale nto emdlayo.

"Hawu... bengingathi ushadile Phakamani?" uMandisa ebuza sakwexwaya.

"Ngishadile Mandisa kodwa..." amngene emlonyeni uMandisa.

"Kodwa ini? Phakamani *don't you dare!* Ngiyakukhuza! Musa nje ukufuna ukulethela unkosikazi wakho inkinga. Ninjalo phela nina madoda ngokunganeliseki, ngiyaluzwa udumo lwenu!" uMandisa efudumala.

27

"Kahle phela Mandisa ngamatshe. Ngicela ungilalele uzwe lokhu engizokusho bese ungithethisa-ke emuva kwalokho ugcine la uthanda khona."

"Hhayi ngoba ngikuthethisa, ukuthi nje…" anek' izandla emoyeni.

"Lalela, angikwenzi lokhu engikwenzayo ngoba ngingazi ukuthi ngenzani. Empeleni ngakuthanda ngiqala ngqa ukukubona nokho ngaluziba uthando lwakho ngoba ngangingakakwazi ukuthi kahle kahle uluhlobo luni lomuntu. Ngaluvumela lwazika, kodwa manje iya ngokuya iqubuka le nzika futhi-ke iyidunga iyayiqeda ingqondo yami. Ngiyabona ngenziwa wukuthi sengikwazi kangconywana. Ngicela ukukuthuma enhlizweni yakho Mandisa, ufike kuyo ucinge noma indawana nje engatheni ungimpintshise kuyo. Njengonogada ngizokwenza isiqiniseko sokuthi konke okwenzekayo kwenzeka njengokwezifiso zakho, angeke ngiphikisane nalutho."

"Kodwa bakithi Phakamani… eh…" ebakaza uMandisa. Empeleni le nto eshiwo uPhakamani iyamethusa. Phela yena selokhu kwathi nhlo akakaze afune ukuzwa into eshiwo umuntu wesilisa kuye. Ngisho esafunda kwakuthi uma kuzidlisa satshanyana okungabafanyana avele abune, kubone nakho ukuthi hhayi-ke le ayingangathi. Kwaze kwaba ukuthi uyadlwengulwa-ke nokuyilapho asayina khona, eshaya phansi ngonyawo, efunga egomela ukuthi akasoze yena wazihlanganisa nosathane ongumuntu wesilisa. Kodwa kubukeka sengathi lowo sathane wayesefikile, futhi-ke engafikanga nje kuphela kodwa wayesegalelekile.

"Ngiyaxolisa, ngiyazi ukuthi ubungakulindele lokhu Mandisa. Kanti nemigomo yakho owazibekela yona ngempilo yakho nayo ngiyayazi. Kodwa kunento ethi angithi impilo kuhamba kuhambe isikhathi iyishintshe leyo migomo ikakhulukazi uma umniniyo eqhubeka nokukhula. Uzovumelana nami uma ngithi leyo migomo kungenzeka ukuthi wazibekela yona ngenxa yokuthi wawulandela ubuhlungu benhliziyo bangaleso sikhathi. Sesadlula-ke leso sikhathi Mandisa, usuyasebenza manje kanti futhi-ke usukwazi nokuzimela. Yebo, uyakwazi ukufeza zonke izidingo zakho ngendlela ofisa ngayo, kodwa iqiniso lithi imizwa yakho yezothando isehlane, ogwadule. Lokho kwenza ukuthi zonke izimvula nokushisa kwelanga okungenamkhawulo kuyithole kalula. Angikungabazi futhi ukuthi nawe ayikuphathi kahle le nto eyenzakalayo." Kwakusho uPhakamani owayesemuke nezikhukhula zothando lukaMandisa.

Wayengasenandaba nomshado wakhe okwakubukeka sengathi maduze nje wawuzovuma phansi. Yebo, ngokwakhe kwase kungadabuka kwancwajana yomshado leyo, umanka nje uma yena ezozitholela uMandisa lona owayesemsanganisa ngokunye manje kamuva nje owayeqale ngokungayiqondisisi kahle impilo yakhe. Kwase kukhona nokuzisola ngokusheshe ashade noMaZwane kanti usazohlangana nentombazane ezomsanganisa kangaka. Inkinga enkulu ukuthi le ntombazane eyayimsanganisa kangaka yayingeke isabathola abantwana. Nokho wathembela emalini ayenayo ukuguqula yonke le nto eyayishiwo odokotela ngempilo kaMandisa. Kakade vele imali lena akukho okungenzeki ngayo uma nje uzosifaka kahle isandla ephaketheni ungafani nalaba okungathi kunezinyoka kwawabo amaphakethe. Yebo, wayesekuhlele konke

30

uPhakamani yize nje kwakumthathe isikhashana ukukwenza lokho.

Into ayabe isisele manje yikho ukuthi uMandisa athambise inhliziyo yakhe amamukele uPhakamani owayengasezwa mshini ngaye. Okwakufike kumqede amandla uMandisa ukuthi uPhakamani lona wayemtshele konke ngempilo yakhe. Pho wayengafunani kuye njengoba wayezazi engumgodi onganukwanja nje? Khona uma kwakungathiwa bayathandana iyoba kuphi injabulo yabo ngoba abantwana abasoze baba nabo? Yonke le mibuzo yayingqubuzana ekhanda likaMandisa owayethi angayicabanga nje avele ashawe wuvalo olwalumdabula ezibilini. Phela yena ukholelwa ekutheni ukuze nijabule kugcwaliseke injabulo othandweni kumele lolo thando luthele izithelo ezingabantwana. Nangale kwalokho nje phela uPhakamani wayeshadile enonkosikazi omuhle futhi okwaziyo ukumtholela abantwana. Wayeke ambone uMandisa unkosikazi kaPhakamani ezithombeni lapha kumakhalekhukhwini wakhe bejabulile nengane yabo encane. Yingakho-ke wayebona kungeke kube umqondo ophusile

31

ukuzobhidliza umshado omuhle kangaka kungekhona ukuthi yena uza nokwehlukile, futhi-ke wayengaziphuphi yena ethanda umuntu wesilisa.

"Kahle Phakamani ukulokhu ungifundekela ngendaba yothando. Ngifuna ungibonise lapha." Nebala alalele uPhakamani esemagange ukuzwa ukuthi yini le engaka afuna ukuboniswa kuyo uMandisa.

"Bengicabanga ukuke ngithi qu ekhaya okwesikhashana…" uMandisa ephazanyiswa ukukhala kocingo lumbikela ngomqhafazo ongenayo. Awuthi nhla, abone ukuthi elinye lamakhasimende elithathekile ngobuhle bomuzi lona afake isikhangisi sokuwudayisa ezinkundleni zokuxhumana.

"Yini? Kuphuthumani kangaka ekhaya?" kubuza uPhakamani ebhekise kuMandisa owayesemamatheka nocingo lwakhe.

"Oh… ncese! Yilaba abangiphazamisayo. Akukho okuphuthumayo ekhaya Phaka. Into nje ngifuna ungibonise lapha njengomuntu engisebenza naye futhi onemibono ephusile njengomuntu wesilisa," uMandisa

emamatheka. Amuthi laphalazi uPhakamani. Aqhubeke.
"Abazali bami bangishiya nalo muzi," ephendula
umakhalekhukhwini ewubhekisa kuPhakamani.

"Mmmm! Yeyi wayediniwe ubaba wakho la. Wavele
wasukela isithabathaba esinje! Muhle Mandisa," kusho
uPhakamani ewubukisisa lo muzi osesithombeni aze
anikine ikhanda.

"Manje bengicabanga ukuwudayisa."

"Hawu, yini ucabange ukuwudayisa?" kubuza
uPhakamani enganakile nokho ukuthi lowo mbuzo
uzozwela kuMandisa.

"Uyazi nje Phaka ukuthi…" azibambe esewenyusa umoya
ngoba esekhumbula ukuthi akusiwo wonke umuntu
oqaphela iminjunju yenhliziyo yakhe ngaso sonke
isikhathi uma kuxoxwa. Awehlise umoya.

"Uyazi nje ukuthi sengisele ngedwa ekhaya, futhi-ke
angisiboni isidingo somuzi omkhulu kangaka ngibe
ngiyintombazane nokwenza. Ngiyacela-ke bandla
ungibonise ukuthi ngabe yisu elihle yini leli. Angifuni
ukuthatha isinqumo engizozisola ngaso ekugcineni.

33

Ngibuza wena ngoba ngikwethemba ukuthi angeke ungidukise," uMandisa ephinda emuthi laphalazi ngalawo mehlo ayemshiya ekhathele uPhakamani.

"Ngiyakuzwa Mandisa. Kodwa ngizama ukuthola la ukuthi emuva kokuwudayisa wena-ke uyobe usuthembele kuphi. Iyiphi wena indawo ozoyibiza ngekhaya?"

"Uya la ebengiya khona. Empeleni leyo ngenye yezinto engisanganisayo kuze kube manje. Kodwa-ke ngoba ukhona wena uzophinda ungibonise futhi, bengicabanga ukuvele ngizitholele indawo khona lapha eMseleni ngivele ngikhohlwe nje yindaba yaseMzimkhulu, hleze ngingakhuluphala nokukhuluphala," uMandisa esho ebuna ubona nje ukuthi iyamnenga namanje indaba yalo Mzimkhulu eyayingafuni ukusuka engqondweni yakhe.

"Hawu… Mandisa. Ayikho nje imizi edayisayo nje lapha kule ndawo ngoba kusemakhaya. Ngaphandle-ke uma uzozitholela isiza uzisusele esakho isithabathaba."

Kakade vele uMandisa wayethanda ukuzakhela yena umuzi. Yebo, noma ngabe waba nenhlanhla yokugana wayezocela nje kumyeni wakhe ukuthi bazisusele bona

34

indlu yabo ethi bona, hhayi indaba yokuthenga izindonga ongazazi nokuthi zazithathwe kuphi kwazimali zokuzimisa. Baxoxa-ke bebonisana ngezinto eziningana nje impela bephetha ngokuthi uMandisa wayezozitholela indawo lapha eMseleni ukuze akhe kuyo. Yebo, wayengeke alinde nokuthi udayiswe lo muzi wakubo oseMzimkhulu kwazise phela wayevele enayo imali yokufeza izidingo zakhe eyayingena nyanga zonke.

Kwaba ngenye yezimpelasonto ende eyayihlanganisa iholide, uMandisa wahamba waya eMzimkhulu kwazise wayethole ikhefu ngalezo zinsuku emsebenzini. Imoto yakhe wayekhethe ukuyishiya emqashweni ngoba esaba ukushayela ibanga elide kanti wayekade ekhathazwe umsebenzi. Emuva wayekade eshiye uPhakamani njengeso nendlebe yakhe. Yebo, wayemcelile ukuthi asale emtholela imininingwane mayelana nokumele akwenze ukuze athole indawo yokwakha, kubalwa nemigomo eqhamuka enduneni yendawo. Phela lena ngenye yalezi zindawo eziphethwe amakhosi. Ngakho-ke kuye kuthi uma kukhona ilunga elifuna ukuzoba yingxenye yomphakathi bese laziswa enduneni yaleso sigodi kuphinde kuqinisekiswe futhi ukuthi linikwa indawo okungesiyo eyomndeni othile waleso sigodi ukuze kungeke kube nazihibe ngomuso. Wasala-ke uPhakamani wenza lokhu ayejutshwe ukuthi akwenze. Yize kungabanga lula ngoba izinto eziningi zazifuna umnikazi kodwa kwakwethembisa ukuthi uyothi angabuya nje bese konke kuyalunga. Kwamthokozisa naye umnikazi wendaba ukuzwa ngocingo ukuthi izinto zazihlangana emuva. Waqinisekisa ukuthi wayezobuya masinyane njengalokhu wayedingeka.

## 3. Kulikhuni Satshe

Wayesematasa nokuhlanza endlini nangenkathi kukhala ucingo lwakhe. Ngokushesha anciphise umsindo womculo owawuzwakalela phezulu esemagange ukubona ukuthi kwakuwubani lo oshayayo. Yize wayelindele ukuthi kube yikhasimende kodwa akazange aphoxeke ngoba kwakuwuPhakamani lo oshayayo. UMandisa wakhala ngokuncinzeka komzimba kwazise wayehambe ibanga elide esemotweni kanti wayengasajwayele.

"Kukufanele ukuthi ubhocobale. Kakade vele imoto iyakhathaza, ikakhulu wona amatekisi lawa. Ngabe kungcono ukuba ubutshele mina ngakuphelezela," kusho uPhakamani egegetheka ngale.

"Hawu bese uthi bekade uye kuphi-ke uma ebuza umkakho?" kubuza uMandisa.

"Ngiyeke ngalowo. Bengizomtshela nje ukuthi ngihambise imoto ku-*Service*, ubengeke abe nankinga."

Baqhubeka-ke bexoxa ngokunye. Okwakugqama kakhulu kwase kuwwukuzinikela kukaPhakamani ezintweni zikaMandisa. Naye uMandisa kwakumthokozisa nokho ukuba nomuntu omkhathalela ngalolu hlobo. Okubi nje ukuthi lowo muntu wayesethatha isikhathi okumele ngabe usichitha nomndeni wakhe, asichithe nomuntu wangaphandle. Yize wayefisa ukumkhuza uMandisa kodwa wayebuye azitshele ukuthi yinto ezodlula kungekudala. Bavalelisana-ke bethembisana ukuthi base bezothintana ngazo izingcingo. Lase lishonile nelanga, esezolala aphumule uMandisa ukuze azovuka ngakusasa aye ebhange ukuyolungisa izintwana ezimbalwa, bese ehlangana nomfana ayevumelane naye ukuthi wayezomenzela isikhangisi esihlelekile esiqukethe yonke imininingwane okumele ilandelwe yilowo ozothenga umuzi. Emuva kwalokho-ke wayezobe esekuqedile abekuzele eMzikhulu sekufanele abuyele emsebenzini.

\*\*\*

Kukhona ayengasakuqondisisi kahle uMaZwane ngomyeni wakhe. Isikhathi esiningi uPhakamani wayesesichitha ocingweni kungathi ungusomabhizinisi othile. Nangaphezu kwalokho nje wayeseqala ukuba nezindlela eziningi ezinye zazo ezazingahlelelwe ezivuka esithubeni nje. Ngokumazi kwakhe uMaZwane, umyeni wakhe wayengasiye umuntu nje ovele athathelwe phezulu, uhambo wayeluhlelela. Kwakumxaka-ke ukuthi kazi yini le esimshintshe kangaka waphenduka into abengesiyona ngoba kwakungesiwona umsebenzi wasesibhedlela. Nesikhathi sokubuya ekhaya sase sishintshile. Ngaphambilini uPhakamani kwakuthi noma ehambile eye kubangani bakhe kodwa kungashayi ihora lesikhombisa engabuyile, ngaphandle-ke uma kuwukuthi uhambise imoto ku-*Service,* hhayi-ke lapho wayebuya ngisho phakathi kwamabili. Konke lokhu kwamenza wasola okuthile uSenzo kwazise umyeni wakhe lona wayengacwili kwezikaFaro.

Wama kwelokuthi kwakuzogcina kuvelile lokhu okwase kuzuze uPhakamani. Phela yena wayengeke ambuze lutho ngenxa yokuthi kunzima ukusola umuntu ekubeni unganabo ubufakazi obuphathekayo bokuthi kungani umsola. Kokunye wayegwema ingxabano engenasidingo eyayingagcina iqubuka phakathi kwabo ngenxa yokungathembani. Hleze wayesazoshintsha nje uPhakamani kwazi bani? Yingakho-ke engazange agxilise umqondo wakhe kule nto uMaZwane. Wavele

39

wasola isikhwele nje esasesivuke sama ngezinyawo lapha kuye. Konke lokhu ukucabanga nje umatasa ngalena ekhishini ulungisa ukudla kwakusihlwa. Kanti uPhakamani yena wayezihlalele efunda iphephandaba ngalena e-*dining room,* okwathi esalifunda kanjalo kwangena umqhafazo ocingweni lwakhe. Umqhafazo wawuvela kuMandisa.

*"Ngiqeda ukwehla la eMbazwana. Ngiyabona ngiphuzile kakhulu ukusuka eMzimkhulu. Aseze aphela-ke namatekisi abheke eMseleni. Kanti futhi sengiyesaba ngoba sekuhwalele manje. Please do something ukuze ngiphephe."*

Yalishiya kanjalo imakwabo iphepha eyayikade ilifunda phezu kwe-*coffee table.* Yangena ekamelweni masinyane yadonsa izikhiye zemoto. Ngenhlanhla yakhumbula ukuthi kambe kukhona umuntu lapha endlini. Yebo, wawungakadungeki kakhulu umqondo.

"Mangethe! Ngisaphuthuma la eMbazwana sithandwa sami, ngiyabuya khona manje!"

"Yini manje? Kuphuthumani kangaka ilanga lishona?" UMaZwane ebuza emangele.

"Ngizobuya khona manje. Ithi ngiphuthume! Ngizokubona uma sengibuya."

"Awusadli nokudla pho?" Wayesekhuluma yedwa uMaZwane ngoba lo muntu ayezitshela ukuthi ukhuluma naye wayesephume kudala, elandelwa yisicabha esavaleka kabuhlungwana ngenxa yokudonswa ngamandla. Kwalandela ukuduma kwemoto isuka mawala okwamshiya emangele uSenzo owayesevele emnyango eyibuka iyophuma esangweni, nalo elashiywa ligengelezile kanjalo. Wahamba bandla umntanomuntu eyolivala, ebuyela endlini elokhu elinikine njalo ikhanda. Waqhubeka nokuqedela ukupheka yize nje umoya wakhe wawusuthanda ukukhathazeka.

Imoto kaPhakamani yayiphume yangena emgwaqeni oyitiyela. Ikhuphuka njalo iyodlula esontweni i-Assembles of God ngakwesobunxele, ikhuphuka njalo iyodlula esikoleni iZenzeleni High School esandleni sokudla, idlula iMzila Full Service kwesobunxele. Ihamba

41

yonke le ndawo nje iyanyonyoba ngenxa yalezi zinkunzimalanga zama *humps.* Yakhuphuka njalo yaze yayongena ezimpambanweni zemigwaqo. Wo! Kwabe ayingenile emgwaqeni. Wayizamulisa kabili kathathu umfo kaMthembu, yamvumela, yanamathela emgwaqeni. Yahamba njalo igwinywa amajika awo belu umgwaqo. Ngaleso sikhathi-ke wayesethe ne lapha esitelingini uPhakamani. Ngenhlanhla kwakungasaphithizeli kakhulu lapha emgwaqeni. Wayesahambe isikhashana nje ngenkathi ekhumbula ukuthi ugcine engambuzanga uMandisa ukuthi uzomfica kuphi. Wabona kukuhle ukuthi amshayele ucingo ngoba wayesesondele ngakhona eMbazwana. Lwakhala kabili kathathu ucingo ngale lwabanjwa.

"Kambe uthe ngizokufica kuphi Mandy?"

"Ngizoma ngase-*garage,*" uMandisa ezwakalela phansi ngalena ocingweni.

Akabanga namibuzo eminingi uPhakamani ngoba ayengemaningi ama-*garage* lapha eMbazwana. Nebala wathi uma ejikela kwesobunxele uPhakamani wambona lona wesifazane omuhle emi bude buduze ne-*garage* esonge izandla enganake lutho. Nokho washeshe wayibona imoto ima ngaphesheya, nebala waya kuyona.

"Hawu washesha bo! Ubuvele usendleleni yini?" kubuza uMandisa sengathi akalinde mpendulo ngenkathi evula isicabha sangemuva efaka isikhwama sakhe sezimpahla, evala. Aye ngaphambili, avule, angene.

Nebala akazange ayithole impendulo. Kunalokho wabona evulelwa izandla ewolwa, naye wananela bandla, wanamathela ne esifubeni sikaPhakamani esifudumele. Yize wayejwayele ukwangana nabantu ikakhulukazi uma bekade besemihlanganweni ethile kodwa wezwa okwehlukile esifubeni sikaPhakamani. Lwamuthi thwansu uvalo nangenkathi sebededelana.

"Bese ngithukile ngithi angeke ngisakufica," kusho uPhakamani ngenkathi eqhubeka njalo edabula phakathi kwezitolo. Wabamba umgwaqo owawuzomkhiphela ngaseposini, maqede wajikela kwesobunxele, ahambe ibangana aphinde achezukele kwesobunxele futhi eseyoze alawulwe yi-*circle* kuyo ayezofike athathe umgwaqo u-R22 eselibangise eMseleni.

"Hawu! Bengizobe sengidliwe yini?" Kubuza uMandisa emamatheka.

Baqhubeka-ke bexoxa emuva kokubuzana impilo. Engxoxweni yabo kwakwande kakhulu amancoko. Kulokhu yayingasagijimi imoto kaPhakamani kwazise wayengasajahe lutho kangako. Nasekhaya kwakungekho ayengakuphuthuma khona. Wazizwa edinwa nje uma ecabanga ukuthi kambe usayobhekana nemibuzo eyinsada evela kuMaZwane. Ukube kwakuya ngaye wayengafika eselele uMaZwane ukuze angeke elokhu ebuza izinto eziningi, ezinye angahlanganise lutho nazo.

Ngenkathi sebefikile emqashweni kaMandisa bake bama esangweni bexoxa eside isikhathi.

"Waze wangisiza bandla. Mina bengithi mhlawumbe uzoshayela omunye wabangani bakho abaseduze naseMbazwana ukuthi bangiphelezele. Bengingalindele ukuthi ungashayela masinyane kangaka. Ngiyabonga," kwakusho uMandisa ebuka uPhakamani ngalawo mehlo okwakungathi athi "ngiyakukweleta."

"Kanti hhayi, ungakhathazeki. Nangelinye ilanga uma unenkinga ethi ayifane nalena, ubongazisa," kusho uPhakamani owayesayizibile indaba yothando kodwa eqinisekisa ukuthi ngezenzo uyazishutheka enhliziyweni kaMandisa. Ingani wayekwazi kahle kamhlophe ukuthi ngalezi zinto ezincane amenzela zona uya ngokuya ejwayeleka engxenyeni yomhlaba wenhliziyo kaMandisa. Kakade vele kunjalo. Kaningi kuyavela ukuthi umuntu ojwayele ukukusiza ngisho usenkingeni enjani ugcina esenendawo yakhe enhliziyweni yakho futhi engefaniswe neyamuntu omunye. Kwaba isikhathi eside bexoxa lapha emotweni kwaze kwaba uMandisa owaqaphela isikhathi, ekhumbula nokuthi ngakusasa kwakumele bavukele emsebenzini. Bavalelisana-ke bephinda benamathelana ngezifuba, bethembisana ukuthi base bezobonana khona emsebenzini ngakusasa.

Ngapha uMaZwane wayeqede ukupheka wageza umntwana maqede wageza naye. Wahlala-ke elinde ukubuya kukaPhakamani okwakubukeka sengathi

45

kwakuzodonsa impela. Bheka ngoba kwakuze kwagamanxa ihora lesishiyagalolunye engakabuyi. Wayethi uma ezama ukushaya ucingo uMaZwane luvele lungangeni ngalena kucaca nje ukuthi lwaluvaliwe. Okwakumdida uMaZwane ukuthi lwaluvalwe ngenhloso ucingo noma lwaluvalwe ngoba luphelelwe amandla omlilo. Wayengeke alale engazi ukuthi kuqhubekani ngomyeni wakhe. Kwakuzoba ngcono ukuba wayeshilo ukuthi uhanjiswa yisimo esinjani ngenkathi ehamba uPhakamani. Manje wayevele waphuma nje engashongo. Akekho-ke owesifazane ongaphazamisekile ekhanda ongavele avumele ubuthongo nje engazange abone ukuthi uyabuya noma akabuyi yini umyeni wakhe.

Wayesalindile kanjalo nangenkathi efanisa ukukhanya kwezibani zemoto okwakusabonakala kude le. Nangempela kwakunguye uPhakamani. Wangena endlini eselindiwe kanti naye wayekulindele lokho. Wayezitshela ukuthi uzofika lugcwele ulwandle. Phinde. Kakade uMaZwane lona akasiye umuntu wodlame, nomoya wakhe uhlezi uphansi. Nakulokhu-ke wawuphansi wengezwe nawukukhathazeka.

"Yise kaSenamile... usubuyile?" UMaZwane elandela ngemuva uPhakamani owayenele wangena endlini wabamba umhubhe obheke ekamelweni.

"Yebo, sengibuyile."

"Kwenzenjani Phakamani, wabuna nje?"

"Ngikhathele MaZwane, ngicela unginike ithuba ngike ngithi ukuphumula. Emuva kwalokho-ke uzobe usungayibuza leyo mibuzo yakho," kusho uPhakamani ngenkathi ehlezi embhedeni eqaqa izintambo zamateki.

Wavele wathula uMaZwane akaze afuna ukubhebhethekisa umlilo. Okwase kumdina kakhulu yile *perfume* yabesifazane eyayithi thaphu kuPhakamani. Nokho akazange abuze lutho. Wabona kukuhle ukuthi alale angaze athathe izinqumo ezisheshayo. Phela kaningi kuyavela ukuthi izinto zoniwa yizinqumo ezithathwa ngaphandle kokucabanga umphumela wazo lezo zinqumo. Nebala azishutheke ezingutsheni alale.

## 4. Isithunywa

UNdondo wayesezovuka ngakusasa aqhubeke nokuhamba ethekela ulwazi mayelana nesimo senhlalo sakule ndawo, afunde nendlela abantu balapha abaphila ngayo. Akazange alungise lutho lapha endlini uNdondo ngenxa yokukhathala ayenakho. Khona kwakubonakala sengathi lo owayekade ehlala kuyo le ndlu ngaphambilini wayephume isigubhukane. Izicathulo ezingafani ezaziginqika phansi kanye nezimpahla ezazibonakala zisaphila yizo ezazixoxa indaba ziyiqede nya. Konke lokhu wayesezokulungisa ekuseni uNdondo. Wagibela embhedeni ayesewembathise ngeshidi lakhe walinda ubuthongo ayengangabazi ukuthi babuzomzuma kungekudala. Wayesanda kungena nje embhedeni nangenkathi ephazanyiswa ucingo lwakhe ngoba kukhona oshayayo. Wakhumbula ukuthi kambe wayengambikelanga uMqemane ukuthi wayehambe kanjani. Nebala kwakunguye.

"Mqemane... ey, uxole ndoda yamadoda bengisathi ngizokushayela. Ngiyabona ngisuke ngakhathala kakhulu," kwakusho uNdondo ephenduphenduka lapha embhedeni.

Baqhubeka-ke baxoxa benoMqemane okwakunguye owayemjube kulolu hambo. Konke kwakubonakala kusahamba kahle ngokusho kukaNdondo. Kwamthokozisa noMqemane ukuzwa ukuthi le ndawo inomthamo wabantu othanda ukuba mningana, futhi kwande kakhulu intsha ngokusho kukaNdondo. Bavalelisana-ke bephetha ngelokuthi kwakumele uNdondo afune iphakathi nendawo lakule ndawo lapho abantu bonke okungeke kube yinkinga ukufinyelela khona. Lokho kwakuzobasiza oNdondo ukuthi basheshe baqale umsebenzi wabo. Sengathi laba bobabili babesebenzisana kahle. Ikakhulukazi njengoba base besele bodwa kulo msebenzi – babakhipha abanye ababejaha imali phambili.

Ukusa kwaziwa nguye uNdondo, evuka ezilungiselela ukuze aqale umsebenzi wakhe okwakuyiwo owawumlethe lapha. Emuva kokuqoqaqoqa endlini waphuma, waqinisekisa ukuthi wayehluthulele emnyango ngoba wayeshiye izinto ezibalulekile ngaphakathi kubalwa kuzo nezikhiye zemoto ayengezukuyisebenzisa ngalelo langa. Yebo, wabona kukuhle ukuthi ayishiye imoto ukuze ezeyibona kahle le ndawo engaphazanyiswa yilutho. Cha yindawo enhle impela lena, kokunye wayephika uNdondo ukuthi kusemakhaya. Indlela okwakhiwe ngayo iyona eyayimenza abambe ongezansi ngabantu bakule ndawo ebukeleka phansi kangaka. Nesimo sezulu sakule ndawo sasibukeka sehluke kakhulu kulesi asijwayele yena. UNdondo waqaphela ukushisa kwelanga okwakusezingeni eliphezulu yize nje kwakusesekuseni. Lalizwakala nje ukuthi kungekudala lalizobe selikhipha umkhovu etsheni.

Isivuvu nesifuthefuthe sokushisa yisona lesi esamenza wazithola esengene kwelinye lamathilomu ancike lapha emgwaqeni. Kwakungekho bantu abaningi lapha ethilomu ngaphandle komdayisi kanye nensizwa yesihluthu eyayihlezi phezu kwekesi likabhiya, iminya isicethe okwabe sekubonakala nje ukuthi singesokugcina. Iyona eyavuma kuqala nangesikhathi ebingelela uNdondo. Yayibukeka iwumuntu okhululekile nje impela futhi owawungabuza noma ngabe yini kuye, nempendulo futhi uyithole ngokuphazima kweso. Wabiza i-*Juice* ebandayo uNdondo maqede weza wazohlala ngakuyo le nsizwa eyayisawanamathelise kuye amehlo. Yize uNdondo ewumuntu ophila impilo ethi ayibe ngaphezudlwana ngokwezinga kunale nsizwa kodwa uwumuntu ozehlisayo, ungafunga ukuthi naye wayeke wadlula kukho ukuhlupheka lokhu okwakulotshwe kule nsizwa.

"Manje ubekwa yini lapha endaweni yakithi mnumzane wezizwe?" Kwakubuza le nsizwa eyayizichaze ngelikaMagoda, ibhekise kuNdondo.

"Impilo mnewethu, ifuna lokhu nalokhuya. Namhlanje ungangibona la kwaMhlabuyalingana kusasa uhlangane nami eThekwini," kwakusho uNdondo ejikijela ithamu lokugcina le-*juice*. Kwabe sekudlale ngaye impela ukushisa kanye nokoma. Baqhubeka-ke nengxoxo yabo benoMagoda, kunguye uMagoda owayedonsa inkulumo isikhathi esiningi.

"Manje awusho Magoda, yini esemgangathweni kule ndawo?"

Yize zaba ziningi izinto azichaza uMagoda kodwa uNdondo wahlabeka umxhwele lapho ebala nemfundo njengento egqugquzelwayo lapha endaweni. Nokho akazange afune ukukhuluma izinto eziningi uNdondo kuMagoda kwazise wayebonakala njengendoda engenaso isifuba, uma kuwukuthi yayinaso kwakungaba yilesi esibuthakathaka ngenxa yokukhahlelwa yihhashi, futhike wayebonakala ecwila kakhulu lapha kwezikaFaro. Ngakho-ke kwakungaba lula ukuthi ayikhulumele emlilweni le ndaba. Wavalelisa uNdondo eshiya ibhodlela likabhiya elalicelwe nguye uMagoda ngenkathi besaxoxa. Wathembisa ukuthi babezophinde babonane kungekudala. Wayeyithandile impela le nsizwa uNdondo. Bheka ngoba waze wayibala njengabanye babantu ayezobaqasha ukuthi baqinisekise inhlanzeko egcekeni uma kwenzeka liphumelela isu labo lokuvula iKolishi kule ndawo. Ingani yayishilo ukuthi yona ihlezi ikhona lapha esitolo. Kwakuzoba lula kakhulu-ke uma ngabe eseyifuna uNdondo.

\*\*\*

Lwaluhamba kancane usuku ngokubona kukaMandisa. Wayethi uma ebuka isikhathi avele acikeke kakhulu uma ecabanga ihora lesithathu ukuze bashayise. Neziguli lezi wayebona sengathi zithutheleka kakhulu. Indaba yakhe mayelana nokuthola indawo yokwakha wayeseyijahe kakhulu, esezibona nangamehlo engqondo esenesithabathaba sakhe esithi yena, ayengangabazi ukuthi wayezosinezela ngokusihlobisa ngonyanyavu lwemoto entsha ceke, hhayi le ayevele enayo. Yebo, babezophuma lapha emsebenzini baye enduneni yesigodi njengokomyalezo ayewuthole kuPhakamani owayesale waba yindlebe neso lakhe ngenkathi yena esaye eMzimkhulu okwesikhashana. Induna yayifune umnikazi wodaba. Yebo, nguye-ke umnikazi wodaba lo owayesebuyile.

Nebala lathi libumbana ihora lesithathu bashayisa oMandisa, bangena emotweni kaPhakamani. Nakulokhu wayeyishiyile imoto uMandisa kwazise babehlele ukuhambisana bobabili. Baphuma-ke sebephikelele enduneni. Waphinde wayikhumbula uPhakamani le ndawo ababehamba kuyo. Wayehamba khona lapha

53

ngezinyawo ngenkathi esashela uMaZwane. Nawuya nomuzi wakubo kaMaZwane ngaphesheya, nasiya nesihlahla soMsilinga esikhulukazi ayejwayele ukuma ngaphansi kwaso uma eze kuMaZwane wakhe owayemsanganisa ngokunye ngaleso sikhathi. Konke lokhu kwakuvele kumshayise ngovalo ngoba wayethi akasoze yena inhliziyo yakhe ayinikeze omunye umuntu wesifazane ngaphandle kukaMaZwane. Pho ngekabanike le nhliziyo owayeseyiqiqinga ngethileyi eya koguqa nayo phambi kukaMandisa? Umuntu umalal' ephenduka ngempela.

Badonsa impela lapha enduneni ngenxa yokuthi kwakumele ibazise ngemigomo kanye nemibandela okumele ilandelwe yilowo oyilunga lakulo mphakathi.

"Uma kukhona engikukhohlwayo usuyomkhumbuza phela Mvelase," kwakusho induna ibhekise kuPhakamani.

"Awu, yebo baba ngizokwenza njalo impela," uPhakamani ebuka uMandisa bamamatheke bobabili ngenkathi behlangana ngamehlo. Basuka lapho bahamba-

54

ke ngoba kwase kuphelile okwakubalethe enduneni. Okulandelayo kwabe sekuzoba ukuthola iphoyisa lenduna nokuyilo elalizohamba nabo liyobona leyo ndawo eyayikhonjwe uMandisa. Ukuyibona lokhu kwakwenzelwa ukuthi iqinisekiswe leyo ndawo njengendawo osekungeyakhe hhayi omunye umuntu. Nebala uMandisa wayekhombe indawo engakaze ibe nobunikazi belunga elithile lomphakathi. Bakuqinisekisa-ke ukuthi le ndawo kwabe sekungeyakhe ngokusemthethweni, bekushicilela nasemabhukwini ukuthi useyilunga lomphakathi ngokugcwele. Konke lokhu kwakumjabulisa uMandisa futhi kuwukhulula umoya wakhe. Injabulo yakhe ayizange nokho imenze akhohlwe ukubonga uPhakamani okwakunguye owayemfaka emkhipha kuzo zonke lezi zindawo. Kaningi kuyavela ukuthi uma ngabe umuntu esegajwe yinjabulo, uye akhohlwe ukuthi kambe kukhona labo ababe yisizathu senjabulo yakhe.

"Hawu Mandisa, bengikusiza nje njengabo bonke abantu. Uyakhohlwa yini ukuthi izandla ziyagezana? Nawe

uyongisiza ngelinye ilanga uma ngifika eMzimkhulu!"
Baphubuke bobabili.

"Yima-ke bhuti. Wo! Mina angisenguye owaseMzimkhulu sengingowaseMseleni, angazi-ke futhi nokuthi wazi bani eMzimkhulu ngoba mina angisenguye owakhona," uMandisa eqhenya futhi ubona nje ukuthi ukube akavinjwa wukuthi uhlezi phansi lapha emotweni ngabe lukhulu alwenzayo. Injabulo yalaba bobabili yabe isithanda ukuba nezimpande. Akekho omunye umuntu ngaleso sikhathi owayengabahlukanisa ngenxa yokuthi omunye wayejatshuliswa yizenzo zomunye. Ubungani babo babudlondlobala usuku nosuku. Empeleni noMandisa wabe esethanda ukukhohlwa yizinsizi ayekade enazo ngaphambilini, ikakhulukazi uma enoPhakamani. Okwabe sekusele manje yikho ukuthi aqale uMandisa ukuqoqa izinto zokwakha aphinde athole nomakhi.

"Kodwa ave nibusa yazi kule ndawo. Thina eMzimkhulu siyayithenga inhlabathi yokwakha, noma ngithi nje kusuka kuma-*blocks* kuya phezulu konke sikukhiphela imali enjengemali," kwakusho uMandisa owayemangazwa wukuthi kule ndawo umane ususe utshani nje bese ukha inhlabathi ongenza noma yini ofuna ukuyenza ukuze kume indlu yakho ngokushesha.

"Impela kunjalo. Yingakho thina singazazi izikhukhula. Inhlabathi yethu iyakwazi ukumumatha amanzi," kunanela uPhakamani ngenkathi ema esangweni lalapho okuqashe khona uMandisa. Emuva kokuvalelisana wabe eseyihubha imoto ephuthuma ekhaya ngoba wayehambe ekuseni esaya emsebenzini. Wayengangabazi ukuthi sebexakekile nabo futhi ukuthi kazi usebanjwe yini. Noma wayezehlulela ngalokhu ayekwenza, futhi ekuzehluleleni kwakhe ezibona emsulwa kodwa unembeza wakhe wawunakho ukumbhincisela nxanye. Yingakho wabona ukuthi kuzofanele ashintshe ukwenza okungcono abe mandla ndawo zombili. Kakade kunjalo phela ukuncelisa amawele. Iwele newele linebele lalo, hhayi ukuthi elilodwa lincele kuwo womabili. Khona ubani owayesethe sebeyathandana noMandisa? Lona umbuzo owafika ekhanda lakhe maqede wazizwa egodola uma ecabanga ukuthi kusengenzeka uMandisa lo angayizwa nhlobo nje indaba yokuthi babe sebudlelwaneni bezothando.

Akazange afune nokuwugxilisa umqondo wakhe kule nto ngoba yayizomkhathaza kakhulu. Nguye lowaya edlula eshisanyama ethenga inyama ebomvu kanye nesibindi, engeza ngeyangaphakathi owayengangabazi ukuthi yayizomthokozisa uMaZwane kwazise uyazifela ngayo. Khona kwase kuyisikhashana agcina ukumjabulisa bandla umkakhe, yingakho-ke wayesezibona enecala.

## 5. Inhlansi Yethemba

Wangena ekamelweni uPhakamani wamfica esaguqile kanjalo uMaZwane esekule ngxenye engasekugcineni yomthandazo wakhe. "Nginxusa umusa wakho ozinkulungwane baba ukuba wehlele phezu kwethu, ukhulule namandla akho ukuba engamele leli khaya. Konke engikucelayo baba ngikucela ngokukholwa nokwethemba igama lakho elinamandla. Ameni!"

"Ameni," uPhakamani evuma ukuthi makube njalo impela, engazi nokho ukuthi wawuqale kuphi lo mthandazo ayefike ususemaphethelweni.

"Hawu, Senzi! Uyakhala yini mntakwethu? Yini? Sekwenzenjani?" kubuza uPhakamani ngoba eqaphela izinyembezi emehlweni kaMaZwane. Kakade vele abesifazane abanobudlelwano noNkulunkulu bavamise ukuthi uma benezinkinga ezithile bazihambise kuYe omdala wezinsuku lezo zinkinga, beziphelezela ngezinyembezi abasuke benethemba lokuthi ziluphawu lokuphuthuma nokuba bucayi kwesimo abasuke bebhekene naso. Yebo, wayebhala incwadi uMaZwane

59

eyigxiviza ngezinyembezi, eyithumela. Yize nje wayengazi ukuthi yayizophendulwa nini, futhi iphendulwa kanjani. Wagcina ewuzibile umbuzo kaPhakamani esula izinyembezi ngeduku lakhe, emamatheka ngenkathi behlangana ngamehlo nomyeni wakhe owayesethanda ukudlebeleka njengengane ethole abangani abasha, ingezwa mshini ngabo.

Usuku lwaphetha kahle ngalelo langa emzini kaPhakamani, engekho odla ibozane njengasemihleni. Labuya nethemba kuMaZwane ukuthi mhlawumbe kwabe sekuzoba khona ushintsho ezenzweni zikaPhakamani ezinye ezazimshiya emangele nje ukuthi zivela kuphi ngoba wayemazi njengomuntu oqoqekile. Bheka ngoba baze bathembisana ukuvuka ngoMgqibelo ekuseni bathi shwi ngasedolobheni beyobhekela umntwana izimpahla, kwazise zase zithanda ukumshiya lezi ezikhona.

\*\*\*

Ngapha uNdondo wayengalele ematasa ehlela izinto zakhe. Okuningi kwabe sekuthanda ukucaca mayelana naleli cebo labo. Okwakuzoba yinkinga yikho ukuthi babengeke bakwazi ukwakha isakhiwo sekolishi ngokushesha ngoba babefuna ukuthi kuthi kuqamba kushaya uMasingana babe sebeqalile.

"Njengoba ngisho nje Mqemane mfowethu, into engasishaya ngokubuka kwami iyona leyo yesakhiwo. Leyo nto ike ithathe isikhathi eside mnewethu kwakhiwa, kubhidlizwa, kulungiswa yonke le nto," kusho uNdondo ocingweni ayesehlale kulo cishe imizuzu eyevile kwengamashumi amathathu.

"Ya khona uqinisile Ndondo mfowethu, ngibheka ne-*budget* yethu lapha, hhayi ingahle isishaye impela le yokwakha," uMqemane kungathi uthi, 'yenza icebo Ndondo'.

"Mina ngokubuka kwami Mqemane vele sizobe sisenomthamo omncane wabafundi cishe esigabeni sokuqala sonyaka. Kukhona isikole esilapha phezulu, uma ngingaphosisi kuthiwa iZenzeleni High School. Isona futhi esinomthamo omningi wabantwana. Ngingasho nje ngithi yisona esikhulu lapha endaweni. Bengibona kungaba yicebo elihle ukucela ukusebenzisa sona okwalesi sikhashana sisahlela indaba yokwakha," kusho uNdondo ovele ethenjwa nguMqemane ngokuba namacebo asheshayo futhi agabe ngokuba mahle.

Wake wathula isikhashana uMqemane. Walibukisisa leli cebo likaNdondo waliphenduphendula, waliphenduphendula.

"Lihle impela leli cebo lakho Ndondo mnewethu, kodwa bengibheka indaba yesikhathi. Yindawo kahulumeni leyo futhi isebenza izinsuku zonke zeviki ngaphandle kwezimpelasonto," kuqhuba uMqemane.

"Esimeni esinjengalesi mnewethu kufanele samukele konke ngoba sincengile. Enye into bengibona kungeke kube nankinga ukuthi siqale ukufundisa ngehora lesithathu ntambama. Lokhu kungadonsa ngisho abantu ababambe amatoho ukuthi beze nabo bezofunda ngoba isikhathi sizobe sivulelekile kuwo wonke umuntu. Sekungaba kithina-ke ukuthi sibeka siphi isikhathi mayelana nokuphuma," kwakuwuNdondo lowo egijima ngengqondo, eqangqalaza izinkalo ebuya nento

62

ephathekayo esandleni. Yebo, wabe eseyifakazela imfundo yakhe elekelela ngobuhlakani ngaphezulu. Kakade vele iKolishi lithi alibe yibhizinisi kubanikazi balo. Pho yini eyayingenza uNdondo angabi nawo amacebo ngalo ekubeni eneziqu ze*Business Management?*

Ingxoxo yabo yaqhubeka bephetha ngokuthi kwase kumele kunyakazwe ngokushesha. NoMqemane naye kwahlaluka ukuthi kwakuzomele asondele ngakhona KwaMhlabuyalingana ukuze izinto zizokwenzeka ngokushesha. Yebo, uNdondo wayengakwenza konke okwakudingeka kodwa kwabonakala ukuthi kwakuzomesinda kwazise zaziyinsada izinto okufanele zenziwe. Okwabe sekusele yikhona ukuthi bazazise kubanikazi bendawo baphinde bazisondeze kubaphathi besikole. Konke lokhu babezokwenza uma esefikile uMqemane. Emveni kwalokho-ke babezoqala ukuzazisa emphakathini ngezindlela ezahlukahlukene. Laliya ngokukhula ithemba labo lokuthi konke kwakuzohamba ngokohlelo lwabo.

\*\*\*

Umyalezo owawuvela ebhange yiwona lo owawenze uMandisa wajabula kangaka. Umyalezo phela wawumazisa ukuthi umuzi usudayisiwe. Ingani yena wayekhethe ukuthi kube yilona elimdayisela umuzi kwazise kuvamise ukushesha uma kuyilona elidayisayo. Okwalo kwase kuzoba ukubhekana nalowo mthengi othenge umuzi. Yebo, wayengasahlanganise lutho uMandisa nakho konke okuthinta umuzi. Okwakhe nje kwakuwukuthi athathe itshe lemali ayedayise ngayo umuzi kayise akhe owakhe othi yena. Kulokho kuchichima kwenjabulo yakhe akakhohlwanga ukuxoxela uPhakamani izindaba ezazimthokozisile, ayengakungabazi ukuthi naye wayezojabula ukuzwa lezo zindaba. Yebo, sasiya ngokuya sicisheka kuMandisa isithombe sokuthi uPhakamani lona phela unomuntu wakhe okunguye okufanele abelane naye injabulo. Kwakungelula-ke ukuthi singacisheka kuMandisa leso sithombe kwazise uPhakamani lona wayesefana nomfowabo uqobo.

"Hawu, ngiyakubongela Lusibalukhulu! Kusho ukuthi kuyakhanya-ke manje. Kanti futhi bengithi ngisazokushayela ucingo ngikwazise ukuthi kukhona umakhi ebengixoxisana naye namhlanje emini. Muhle impela esandleni. Sixoxe saze safinyelela ekutheni kuzofanele umnikeze i-*plan* yendlu ofisa akwakhele yona," kusho uPhakamani ngalena ocingweni.

"Hawu bakithi, ngaze ngajabula! Ngiyabonga Mvelase," uMandisa ebonga uzwa nje ukuthi ukube useduze ngabe lukhulu alwenzayo. Yebo, kwakumfanele ukubonga. Kwabe sekungaphezu komusa lokhu okwakwenziwa uPhakamani. Empeleni naye uMandisa wayesebona sengathi kuncane kwakhona lokhu kubonga ayebonga khona. Kwakungokokuqala emlandweni wempilo yakhe ukuthi ahlangane nomuntu ofana noPhakamani. Wayezibuza eziphendula ukuthi wayecashe kuphi lo muntu sonke lesi sikhathi. Umuntu ocisha zonke izinsizi zakhe, omenza akhohlwe yimuva lakhe, umuntu omfundisa ukuthi uyini umuntu. Umuntu omsiza ngakho konke ngisho ukumthoba izinguzanguza zamanxeba okwakungathi ambiwa ngegejambazo.

Kwabe sekuzoshesha-ke ukwakhiwa komuzi kaMandisa ngoba yayivele isikhona ipulani yawo, kanti nomakhi wayethembise ukungachithi sikhathi.

"Uyazi Mandisa ukukhuluma nawe ocingweni kanje kuvele kuzifanele nje nokuthi angizange ngize ngikhulume. Kanti sincane kakhulu futhi nesikhathi esisithola emsebenzini. Ngingasho nje ukuthi sigcina ngokuxoxa ngezindaba zomsebenzi kuphela. Sekunesikhathi eside sagcina ukuzihlalela nje sobabili kungekho esikuhlanganisayo okuphuthumayo sixoxe ngempilo yethu," kusho uPhakamani ezwa amanzi ngobhoko.

"Hawu Nkos'yami kwasuka-ke lokho! *Okay,* kulungile. Ubufuna sibonanele kuphi-ke ngoba phela uyazi ukuthi wena ungubaba womuzi? Angifuni phela ukwaziwa ngokuthi ngichitha imishado yabantu nokwenza ngizifikela bakithi ngakho kodwa nje kule ndawo."

"Hhayi, kanti kulula kakhulu lokho," uPhakamani eqalaza nhlangothi zonke eqinisekisa ukuthi akekho umuntu ohosha le nkulumo yabo noMandisa. Aqhubeke "Uma kuwukuthi awunayo inkinga singahlela usuku sike sivakashe la eManguzi, ngicabanga ukuthi uma silapho sizobe siqhele ngokwanele ezimpukaneni eziluhlaza."

"EManguzi? Kukuphi lapho?" Kubuza uMandisa emangele.

Axolise ngokungachazisisi kahle uPhakamani. Phela uMandisa lona njengoba esanda kufika lapha KwaMhlabuyalingana nje nezindawo eziningi lezi engakazazi, nalezi azaziyo uzazi kancane. Walichaza-ke uPhakamani leli dolobhana elincike emngceleni owehlukanisa iNingizimu Afrika nezwe iMozambique. Yebo, uMandisa wayegaqali ukulizwa leli gama, usuku lokugcina nje ayegcine ngalo ukuzwa kukhulunywa ngalo emsakazweni kwakulusuku lomgubho womkhosi wamaganu okuthiwa uMthayi obungazwa minyaka yonke.

Wayengangabazi-ke uPhakamani ukuthi uMandisa uzoyithanda le ndawo edle ngokuba nama-*lodge* asezingeni eliphezulu. Bagcina bevumelene ngokuthi babezosebenzisa impelasonto eyayilandela kwazise babezobe bengasebenzi.

Impela basuke beqinisile uma bethi ukungazi kufana ncimishi nokungaboni. Ukuba wayazi uMaZwane ukuthi ulele nje ingubo iyasha wayezosheshe avuke engaze abhuqabhuqwe yileli langabi lomlilo owawuvutha ubuhwanguhwangu. Okubi nje wukuthi le nto kaPhakamani yayisithanda ukukhula ngalesi sikhathi yena esenyukelwa yithemba ngenxa yoshintsho ezenzweni zikaPhakamani. Ukube ithemba liyinto ebulalayo kwakuyobe sekwaphela nya ngaye lapha emhlabeni. Pho-ke! Alikaze labulala nakanye nje.

Kwakusekuseni kuyimpelasonto, uMaZwane wavuka njengasemihleni wathi ukulungilungisa endlini. Kwamdida nje ukuduma kwemoto emnyango wazibuza ukuthi ngabe uPhakamani uselungele ukuhamba njalo bengakadli kwa-*breakfast* yodwa le! Wayesadidekile kanjalo uMaZwane nangalesi sikhathi engena endlini uPhakamani.

"S'thandwa sami ngisahamba, ngizonibona ntambama," kusho uPhakamani owayesanda kuthola umyalezo ovela kuMandisa emazisa ukuthi uselungile.

Wake wadideka nje uMaZwane ukuthi ngabe sekukhona okungahambi kahle yini lapha ekhanda kumyeni wakhe.

"Uzosibona ntambama? Uyaphi kanti?" UMaZwane elandelanisa le mibuzo ubona nje ukuthi ibiseminingi azoyibuza kodwa ayikhawule.

"Ngiya emhlanganweni esibhedlela eManguzi, kungenzeka ngiphuze ukubuya," uPhakamani egoqa imikhono yehembe nhlangothi zombili, efaka iwashi esihlakaleni.

"Phakamani, usukhohliwe yini ukuthi sasithe sizoya kobheka izimpahla zengane namhlanje?" UMaZwane ephakamisa izwi. Wangena umyalezo wesibili ocingweni lukaPhakamani, kwangena nowesithathu. Laduma ikhanda endodeni.

"Ungixolele mntakwethu, uyazi bese ngikhohlwe nya. Ngiyabona kusuke kwaba kuningi okusekhanda. Ngicela sihlele olunye usuku esizohamba ngalo siyobheka

69

izimpahla zikaSena. Okwamanje angiphuthume," uPhakamani eqabula isithandwa sakhe esiphongweni, aqonde emnyango owawuvele ugengelezile, engena emotweni eyayivele isiduma, wayizamulisa kabili kathathu maqede yanyamalala egcekeni. Wasala kanjalo uMaZwane emile ebambelele okhalo. Wake walinikina bandla ikhanda lakhe elalishuqulwe kahle ngeduku elibubende maqede waqhubeka nalokhu ayekwenza. Kulokhu akazange akhathazeke kakhulu. Wathembela kuMvelinqangi ayekholwa ukuthi nguye umnikazi wezinto zonke ezazenzeka.

## 6. Ushintsho

Laligcwele phama ihholo iVuka Mabaso Community
Hall. Indawo yokuhlala kwase kuphele yona. Yingakho
nje abanye abantu babemi ngezinyawo nokho
bengenandaba nalokho, inqobo nje uma bekuzwile lokhu
ababizelwe khona. Ingani kwakuphume izwi enduneni
yendawo imema bonke abantu embizweni eyayichazwe
yaba ngebalulekile impela. Yabonga yanconcoza induna
ukubona abantu bephume ngaloluya hlobo ngenkathi
ingenisa imbizo ngokuchaza inhlosongqangi yokubizwa
kwayo. Emuva kokuba isichaze konke mayelana nembizo
yabe isidedela labo eyabachaza ngokuthi bangabantu
abalethe uguquko lapha emphakathini.

"Ngithatha leli thuba ukubonga ukuphumelela kwenu
kule mbizo. Sibonge nobukhosi bakule ndawo ukuthi
busihloniphile yize nje sigcwanekile sabuthathela
phezulu. Ngaleso senzo sethu-ke sithi; yobe, ayidle
izishiyele. Mhlawumbe nje ukuzichaza kafushane, igama
lami nginguNdondo ngingowakwaRadebe. Inkaba yami
yasala eBulwer. Ngisewumuntu omusha okujabulelayo
ukufukula impilo yabanye abantu ikakhulukazi ezabantu

abasha. Ngijabulile kakhulu ukubona ukuthi le ndawo esikuyo isemakhaya impela. Kwamina ngivela khona emakhaya, kwantuthu impela. Akusilo-ke iphutha ukuthi le ndawo isemakhaya. Engifuna ukukugqugquzela ngaphambi kokuthi ngethule udaba esize ngalo ukuthi noma ngabe udabuka kuyiphi indawo kodwa imfundo iyakwazi ukuguqula isimo sempilo yakho isenze sibe ngcono kunesangaphambilini. Yona yodwa nje imfundo ikulethela inala iphinde ikuvulele iminyango eminingi ukwazi ukuziphilisa kuyo.

Unenhlanhla-ke umphakathi wakule ndawo ngoba namhlanje uvakashelwe yithina. Sithe uma sibheka zonke izindawo sabona kuyiyo le efanelwe yilesi sibusiso.

Ngokubuka ukuqhela kwale ndawo ezindaweni ezinegqalasizinda sibe sesihlela ukuvula ikolishi lapha endaweni," kudume ihholo lonke bebodwa abakikizelayo abesilisa benanela ngamakhwela. Yileso sikhathi athola ngaso ithuba lokudonsa umoya uNdondo kulaba bantu abamesinda kangaka. Emuva kwesikhashana kwehle ukuvungazela. Aqhubeke uNdondo. "Ikolishi lethu lizosiza ukusondeza imfundo eduze ukuze kuzoba lula kulabo abangathathi entweni ukuthi beze bezothekela ulwazi bevuka bephinda belala emakhaya abo. Lolu hlelo oselucutshungulisisiwe luzophinde luvule namathuba emisebenzi kubantu bakule ndawo. Lokhu kuchaza ukuthi kusukela namhlanje le ndawo ayisoze yafana nakuqala," lisho futhi ihlombe ehholo.

Wayeseya ngasemaphethelweni enkulumo yakhe uNdondo ngenkathi ethi, "Ngicabanga ukuthi sizobambisana nani mphakathi ukwenza ushintsho kule ndawo yakithi enhle kangaka. Maduzane nje sizomemezela indawo yokusebenzela ngoba kuze kube manje ibingakaqinisekiswa. Emavikini ambalwa azayo nizobe seniqalile ukubona izikhangisi emabhodini eziqukethe yonke imininingwane yethu. Ngokohlelo lwethu sifisa ukuqala unyaka wezemfundo ngoMasingana. Awusekho kude uMasingana lowo njengoba sekusele inyanga eyodwa vo ukuthi ufike. Mayelana nendaba yokuqashwa kwebasebenzi, umphakathi uzokwaziswa iyona induna. Njengoba nazi-ke ukuthi imisebenzi yehlukile, laba abaneziqu zemfundo ephakeme nabo bazothola ithuba lokufaka izicelo zabo ekhelini elisazoqinisekiswa nalo elizobe likhona ezikhangisini zethu." Lamlandela njalo ihlombe uNdondo ngenkathi ebonga eyohlala phansi. Injabulo yabe ibhalwe emehlweni kuwo wonke umuntu ehholo. Yebo, konke kwakubukeka kuzoba lula ukusuka ngaleso sikhathi kuya phambili. Phela sasingasekho isidingo sokuthi abantu bakule ndawo uma befuna ukuqhuba izifundo zabo kanye namakhono ezikhungweni zemfundo ephakeme baye koMpangeni naseThekwini njengenjwayelo. Owayezithandela novunywa yisimo kuphela owayengaya lapho.

"Eyi, Ndondo mfowethu, kubukeka sengathi kuzosebenzeka kule ndawo," kusho uMqemane ngenkathi bengena emotweni sebebuyela la abasacuphe khona.

"Mina mnewethu ngimangazwe yindlela obuphume ngayo umphakathi. Ngaphinde ngamangazwa yinjabulo yawo mayelana nalo msebenzi. Empeleni bengingalindele ukuthi bangaluthakasela ngalolu hlobo lolu hlelo," kusho uNdondo ekhipha ibhantshi lakhe elibeka ngemuva esihlalweni semoto.

"Kodwa ake ngikwethulele isigqoko mnewethu. Indlela owethule ngayo le nkulumo ivele yahlaba umxhwele kuwo wonke umuntu, nakimi imbala. Abanye nje ubusuzibonela ukuthi kwangathi kungathiwa livulwa kusasa leli kolishi," bahleke kanye kanye.

"Uyazi nawe Mqemane ukuthi uma uphethe mina usuke uphethe usomaqhinga uqobo lwakhe. Ukhumbule phela ukuthi ibhizinisi leli ngiphefemula lona, ngakho-ke ukulikhangisa kuyinto esegazini kimi," kuqhuba uNdondo.

"Hhayi akusho wena Bhungane, kodwa yindlela owenza ngayo ekuchaza konke. Namanje angazi ukuthi ukuba angizange ngihlangane nawe ngabe ubani owenza zonke lezi zinto," kwakuqhuba uMqemane encoma umsebenzi owenziwa uNdondo owawungasokolisi nakancane.

Njengokwesithembiso abasenzayo uPhakamani noMandisa baficana endaweni ababejwayele ukuficana kuyo uma behlangana ngezinye izinhloso.

"Ungixolele ngokukulindisa isikhathi eside lapha. Ngiyazi ukuthi awuzwani nokulinda. Ngisuke ngaphaphama emuva kwesikhathi kanti bekukuningi nobekumele ngiqale ngikwenze," kusho uPhakamani ngenkathi eyijikisa imoto eyabe isihlotshiswe wubuhle bukaMandisa ngaphakathi isibheke kwaNgwanase, eManguzi phela.

"Ave uthanda ukuxolisa. Mina nje angiboni simanga ngalokhu. Kube yisikhathi esincane kakhulu, futhi-ke anginayo inkinga ngokuma emgwaqeni uma kusemini," kuphendula uMandisa enganake kwakunaka ezibuka lapha esibukweni sangaphakathi emotweni, ezilungilungisa into engatheni. Kakade vele abasifazane laba uma nje beke baba phambi kwesibuko kuvuka ukuzithanda kume ngezinyawo.

Emuva kwesikhashana imoto kaPhakamani yabamba umgwaqo u-R22, ihamba njalo iyodlula kwaMlamula, idlula kuNgutshane, iyodlula eNdlondlweni, ishiya isikole iNsalamanga High kwesokudla, ishiya isonto i-African Evangelical Church kwesobunxele. Ihamba njalo imoto ize iyolawulwa yi-*circle* ePhelandaba empambanweni-mgwaqo. Ijikele kwesokudla, ihamba njalo ishiya isikole iMakabongwe Primary kwesokudla ize iyodlula iSithembinhlanhla High School kwesobunxele. Yayihamba kancane imoto kaPhakamani kuyo yonke le ndawo kwazise wayehamba etshengisa uMandisa ubuhle bale ndawo. Iculo elipholile lomculi waphesheya kwezilwandle u-Elton John elithi *Can You Feel the Love Tonight* lalihambisana nokuhamba kwemoto.

Ilanga elalikhipha umkhovu etsheni ngalolo suku yilona leli elase libenze bazithola sebeseHippo Lodge beshaya iziphuzo ezizoyizayo ababezibize ngenkathi befika. Babehleli ezihlalweni ezakhiwe ngokhuni ezizungeze i *Swimming Pool* bedamane bezixoxela njengokwejwayelekile uma bendawonye.

"Namanje ngisazibuza ukuthi lobu buhle obungaka babenziwa yini ukuthi bucashe sonke lesi sikhathi ngize ngi…" uPhakamani egobodisa kungathi kukhona okumthena amandla.

"Ngangikade ngikukhuzile Phakamani nasekuqaleni. Musa-ke ukwenza ngathi kwaba yiphutha likaMaZwane ukuthi usheshe ushade. Okwesibili, uma ufuna ukuganga ngenxa yokonakala kwakho ungalinge uyisukele ingane yabantu ngoba ayazi lutho," kwakusho uMandisa elokhu ewuphakamise njalo lowo munwe wokukhomba kucaca nje ukuthi uyamexwayisa uPhakamani kulokhu akwenzayo.

"Ngiyakuzwa konke lokho Mandisa kodwa uthando lwakho lungenza ngicubungule okuningi muva nje ebengingakunakile."

"Yingakho-ke ngithi uma ungithanda Phakamani musa ukubeka uMaZwane icala. Akahlanganise lutho nenhliziyo yakho enganeliseki," kuqhuba uMandisa.

"Ngicela singamfaki engxoxweni yethu njengoba usho nje Mandisa. Yithina sobabili abantu okumele balungise le nto," uPhakamani ebuyekeza konke owayeke wakukhuluma kuMandisa esikhathini esedlule.

"Umthetho wakho Phakamani awuzwa, hhe? Angithi ngasho ngathi angeke ngikwazi ukuba sothandweni nomuntu oshadile! Okwesibili ngasho ngathi angeke ngikwazi ukuba yithemba lomuntu wesilisa ngoba kuzohamba kuhambe kube khona ingxenye ayibabelayo

78

kwingaphakathi lami bese ngihluleka ukumngenisa kuyo. Ngangithi uzwile kanti kuyacaca ukuthi ngangikhuluma ngedwa!" UMandisa ebuna ebusweni.

"Kuzomele uwehlise umoya wakho kanye nolaka Mandisa. Ngakuzwa futhi ngisakukhumbula konke lokhu okushoyo. Ngakolunye uhlangothi ngizwelana nawe kukho konke okwakwehlela kodwa kukhona into lapha kimi ethi angikuthande noma ukuleso simo. Namanje ngisifuna ngingasitholi isizathu sokungakuthandi Mandisa. Ungangizwa kabi, hhayi ngoba ngithatha i-*advantage* yokusondelana kwethu. Ngiyazi sekukuningi kukhulu esesidlule kukho okungakwenza uzitshele ukuthi sengithole intuba yokungena ngenxa yakho kanti cha, akunjalo. Ngiqinisekile ukuthi noma ngabe asisondelene ngalolu hlobo ngabe kunje. Ukhumbule Mandisa ukuthi uthando lolu luwumoya ongena kunoma yimuphi umuntu. Nangenkathi uNkulunkulu edala umuntu, emdala egameni lothando waphinde waphefumulela umoya wothando ukuze lowo muntu aluphile kulabo asondelene nabo. Bengingubani-ke mina ukungangenwa wumoya odalelwe bonke abantu? Umehluko nje ngalona owami umoya wukuthi uthe uma ungena wabe usungiholela kuwena," kusho uPhakamani. Ngaleso sikhathi wabe esethule uMandisa sengathi uthatha isithombe sepasi, ebuka uPhakamani ngalawo mehlo okwakungathi athi, 'kodwa waba njani'.

Wayesadidekile uMandisa nangenkathi eqhubeka uPhakamani ethi, "Lalela, ngicela uthathe ingqondo yakho uyijubalalise, uyiphonse ezinkalweni Mandisa ucabange iphuphu lenyoni elingakwazi ukundiza ngenxa yokungabi nawo amaqubu ngesimanga sokuthi alizange likuthole ukufukanyelwa ngunina walo. Ngamehlo akho engqondo ngifune ungithole ogwadule ngimile ngingazi ukuthi kumele ngibheke ngakuphi ngoba kukhona engishoda ngakho. Nginakho konke Mandisa futhi nawe ungufakazi wami, kodwa yinye vo into engishoda ngayo, ngishoda ngawe."

Wayeqala ngqa uMandisa ukuvalelwa kubhojwana ngalolu hlobo. Futhi lona ayevelwe kuwo kungathi kwakubekwe inguzunga yetshe ngaphezu kwawo, ngaphansi kuvutha ikloba lomlilo. Kwase kukhona nokuzisola ngokuvuma ukuthi beze kule ndawo

80

noPhakamani. Yena wayezitshela ukuthi uPhakamani lona kade adlula kuleyo nto. Yebo, wayesehambe wahamba naye wawabangula ameva. Kakade vele uma usebenzisa indlela kujwayelekile ukuthi ubhekane nazo zonke izihibe zakuleyo ndlela kanye nezingqinamba zakhona. Angithi kuye kuthiwe zibhajwa kweziwudlayo, kusuke kuchazwa khona-ke ukuthi iziwombe zikwehlela kuyo le ndlela oyihamba mihla namalanga.

Yize wayengabethembi abantu besilisa uMandisa kodwa kukhona okwakuthanda ukwehluka ngoPhakamani. Inhliziyo yakhe yayimphenduphendula imphenduphendula, imbuka nhlangothi zonke, imbeka amabala iphinde iwasuse kugcine kungasali ngisho ichashazi lodwa leli. Yebo, wayezibuza eziphendula uMandisa ukuthi khona kungathiwa lo Phakamani ndini udlala ngaye wayengabe ufunani kuye njengoba wayesemxoxele konke ngaye nangesimo sakhe imbala, futhi uPhakamani wayezisebenzela enezimali zakhe kungeke kube ukuthi ugaqele izimali zakhe. Yikho konke lokhu okwenza wamthemba futhi wamkholwa kulokhu ayekusho. Okwase kuyinkinga manje ukuthi uPhakamani

81

wayeshadile. Khona kwakukhona kuMandisa ukumzwela uMaZwane kodwa wabuye wazehlulela ngokuthi phela kwakungesiyena oshele uPhakamani kodwa nguye uPhakamani owayeshele yena.

Zamdumela zasho ukumuka naye uthuli izikhukhula zothando uMandisa. Yebo, wayesezoxola bandla uMaZwane yize nje kwakuzoba nzima khona kodwa kwakufanele aligwinye lizwa, lilikhulu linjalo itshe. Bheka ngoba wayehlale wahlala waze wagcina wakhetha ukuvakashela ekhaya ukuze ayoludingida nonina lolu daba olwabe lumshuka.

"Noma ngingenaso isiqiniseko kahle mama kodwa uPhakamani kukhona into amatasa ngayo. Uma kungekhona ukuthi umdibi munye nalezi zelelesi ezihlupha abantu ngokubephuca izimoto zabo ziziwelise umngcele, kukhona intombazane emsanganisa ikhanda aseyitholile," kusho uMaZwane ubona nje ukuthi ququda umunyu.

"Hawu ngane yami! Wasumcabangela into embi kangaka?"

82

"Uthi angithini mama? UPhakamani akenqeni ukubuya phakathi kwamabili, kungekhona ukuthi ubesemsebenzini noma-ke kube ukuthi ubehambise le moto yakhe kula ma-*service* ayo nawo asethanda ukuba maningi!" Kuqhuba uMaZwane obone kungcono ukuthi lolu daba ake azolubika kunina, hleze yena amnike amacebo noma amuphe izeluleko. Indlela ababesondelene ngayo nonina uSenzi Zwane engakashadi iyona eyenza washeshe wazibonela nje umama wakhe ukuthi lukhona oludla ingane yakhe isaziqhamukela nje laphaya esangweni. Yingakho-ke washeshe wenza itiye ukuze ayizwe kahle ingonyuluka yalokhu okwakuququda uthunjana wakhe.

"Ungasheshi ucabange kanjalo Senzi mntanami, kungenzeka ukuthi usazoshintsha umkhwenyana. Ake ubekezele isikhashana, uma ubona-ke ukuthi uyaqhubeka usungacela umkhongi umchazele ngale nto." Kusho umama kaSenzi.

"Uma ukhuluma ngokubekezela mama ukhuluma ngale nto esengiyenzile ngahluleka. UPhakamani kade wayiqala le nto yakhe, wukuthi nje manje isithanda ukukhula. Isikhathi sakhe esiningi akasasichithi ekhaya. Thina nje asiselutho lapha kuye. Okuyikhona okungicika kakhulu ukuthi akasanaki ngisho ingane yakhe!"

Wake wathula uMaMchunu ebuka indodakazi yakhe ebunzini, kwathi ngesikade waphefumula. "Anjalo-ke amadoda Senzi. Kwesinye isikhathi ungaze usole into engekho uthi uyayenza kanti uzidlalela ngaye. Ukhumbule phela ukuthi ingane kufanele kube nguwe oyithengela izinto, okwakhe nje ukuthi akunikeze imali bese ebhekana nezinto zomuzi wakhe. Angithi usakunikeza imali?" Avume uMaZwane.

"Musa-ke ukuba yisidina kuye. Thatha imali wenze izidingo zengane. Okwesibili, uhlukane nokumbuza njalo uma ebuya ukuthi ubuyaphi. Lokho kungahle kukudalele amazinyo abushelelezi kuyena. Yiyo le nto eyenza ukuthi nina bantu abasha nidivose kangaka. Indoda ithi inganyakaza nje kancane ube lapha kuyo emhlane. Ithi ingabuya ebusuku uyiqulise amacala uphenduke umnumzane wekhaya nawe. Njengoba ubona nje ukuthi kukhona okushaya amanzi, thula sengathi kawuboni lutho. Uma ngempela eganga kuyozivelela khona. Bamba lapha Senzi, uma ukhuluma kakhulu endodeni, uyithethisa amacala usuke uyiphephetha uthi ayihambe kakhulu." Kwakuqhuba uMaMchunu eyala indodakazi ukuthi ingasheshi ukuzithathela phezulu izinto kwazise inkonyane yabe isathuka isisinga.

Wayesayetshisa inkulumo kanina okaZwane umntwana nangenkathi eqhubeka nokumyala. "Okunye ngane yami, ungayeki ukuthandaza. Njengoba usibona thina sisayibambile namanje yingenxa yokuhlala emthandazweni. Kwesinye isikhathi sihlala kuwo yize ithemba lifiphala. Ukhumbule ukuthi umuzi njengoba usuke uwucele eNkosini nje kusuke kufanele ucele yona futhi ukuthi ikuqinisele wona. Kanti nokuhlala nje uzinike isikhathi nabanye omama enkonzweni yangoLwesine nakho kuyasiza. Ziningi izinto ezidingidwa laphaya ezikhulisa umuntu wesifazane zimenze abe sezingeni elifanele. Ungasho nje ukuthi wawuyigcine nini?"

Wavele waphendula ngokugobodisa ikhanda uMaZwane.

"Kuzokusiza-ke ukuvuka emaqandeni Senzi. Awusesiyona ingane. Kuzofanele uyivikele le nhlanhla owayithola yokwenda useseminyakeni emincane kangaka. Qina ngane yami." Kwakuqhuba uMaMchunu, bebambana ngezandla nendodakazi yakhe beya eNkosini ngomkhuleko.

# 7. Ziwadla Elindile

Yize eminye imithwalo esizithwesa yona kuye kuhambe kuhambe isikhathi izwele emahlombe ngenxa yesisindo sayo, kodwa siye sibekezele ngethemba lokuthi langa limbe iyosuka okanye iphunguke. Yingakho-ke noPhakamani wayesethathe ijoka walithwala ngoba ebona limlungele. Nguye futhi owayazi ukuthi wayezowancelisa kanjani la mawele ayesewathe ne, emhlane.

Wayefike endlini kukhala ibhungane. Nokho akafunanga ukuthola ukuthi wayeshone kuphi uMaZwane. Phela unkabimalanga lona wayebonile ukuthi ushiye lugcwele ulwandle ekuseni. Emuva kokuphumula isikhashana ephendula nemiyalezo eyayingene akangayinaka kumakhalekhukhwini wabe eseziphonsa embhedeni, zaya kakhulu. Waze wabuya uMaZwane esalokhu elele lokho lokho uPhakamani, kucacela ngisho ingane encane nje ukuthi ukhathele uyimvithi. Konke ayekwenza uMaZwane wayekwenza ngesinono eqinisekisa ukuthi akumphazamisi ubaba wekhaya. Emuva kokugeza ingane naye wageza wabe esengena embhedeni walinganisana nomyeni wakhe.

Ngapha uMandisa wayefike wageza emuva kohambo olwaludonsile futhi lunezinto eziningi. Wayenzela ukuthi noma ngabe kufika ubuthongo kodwa bumfice esekulungele ukungena ezingubeni angefani nenyamazane yona evele izishutheke esiqundwini ngaphandle kokugeza. Ngaphambi kokuthi alale akazange akhohlwe wukuthumela umyalezo kuPhakamani mayelana nalokhu ayekuzwa ngaphakathi kuye. Nebala awuthumele. Umyalezo yiwona lona avukela kuwona uPhakamani ngenkathi eqaphela ukuthi ulale egqoke ihembe kanye nebhulukwe. Kwalo MaZwane owayedonsa obudala ubuthongo lapha eceleni kwakhe wayengamzwanga ukuthi wayebuye nini. Umyalezo ovela kuMandisa wawufundeka kanje:

*'Ngiyabonga. Ngibonga ukungithatha ungiyise ezweni elikude, izwe engangicabanga ukuthi angeke ngisakwazi ukufinyelela kulo. Izwe engangiphupha ngalo kodwa lelo phupho lami lagcina laphelela eboyeni njengezithukuthuku zenja. Ngibonga ukungibamba*

88

*kwakho ngesandla ungiwezele lapho engangihlezi
ngilangazelela ukuya khona. Yebo, yayifisa inhliziyo yami
nomoya uvuma, kodwa bese ngiphenduke isishosha
ngenxa yemihuzuko eyangishiya ngizingozingozi.
Ngiyabonga Mvelase ukungithatha uyongibeka cababa
ezweni elihle, izwe eliwuthando, izwe elivunguza umoya,
umoya owuthando. Ngethemba ukuthi angeke ungishiye-
ke kuleli zwe esikulo kwazise izwe lipheleliswa abantu
ababili, owesilisa nowesifazane.'*

Waphinda wawufunda futhi uPhakamani lo myalezo
owawumenza azizwe emkhulu kulo mhlaba
okwakukhulunywa ngawo. Njengenjwayelo-ke akazange
aphendule ngamazwi, kodwa wavele waphendula
ngokumamatheka. Nalokhu ayekucabanga akazange
afune ukusheshe akuphimisele, wakhetha ukukuvalela
ngaphakathi okwesikhashana. Yize wayeshilo uMandisa
ukuthi wabaguduza bonke odokotela ayezitshela ukuthi
bangamsiza kodwa wangasizakala, uPhakamani
wayesenethemba lokuthi kukhona la asengamyisa khona
uMandisa futhi afike asizakale. Kwaba yikho-ke ukuthi
lokhu ayesakucabanga wayesazicabangela yena nje

engazi ukuthi uMandisa lowo wayezokwamukela kanjani. Wazinika nesikhathi esanele sokulicubungulisisa kahle leli cebo lakhe, waliphenduphendula, waliphenduphendula waze wagcina ephume nesu lokuthi uma ngabe kungalungi wayezobuya amhambise kubelaphi bendabuko. Lapho-ke wayengangabazi ukuthi lwaluzotholakala usizo.

Ngakusasa wavuka wavakashela uDuma umngani wakhe omkhulu owayekade emgcine emavikini amathathu adlule. Nebala wamfica ekhona uDuma njengasemihleni.

"Hhayi, Duma mfowethu! Wena lapha kuwe alikho elamahhala, uhlezi uklinya amabhodlela kabhiya!" kukhuza uPhakamani efica umngani wakhe owabe eseginqe amabhodlela amabili phansi.

"Into engiyithandayo kodwa nsizwa yakithi wukuthi awukaze ungifice ngidakiwe. Buka nje namanje," uDuma esukuma ema ngonyawo olulodwa elushintsha ema ngolunye eqinisekisa ukuthi uphila phi. Bagegetheke bobabili.

"Angazi ngempela ukuthi kwenzeka kanjani ukuthi ngibe nomngani ophuzayo ekubeni mina ngingabuthinti nhlobo!" kusho uPhakamani ehlala esihlalweni esasivele sibekiwe kungathi sasilinde yena.

"Phela wena wagcina uphunyukile kulesiya sikimu sethu sasesikoleni. Ngangithi uzophuza, uzophuza hhayi wagcina ugolozile impela. Futhi kwaba nguwe noCelani enagcina niphunyukile, lezi ezinye-ke zonke namanje sisacwila nazo lapha," kusho uDuma egegetheka, eshayela ekhanda isicethe sikabhiya.

"Eyi, ungayiphathi eyasesikoleni ndoda! Ivele ingikhumbuze izintombi zami oNobuhle no-Ayabongwa," uPhakamani ebalisa eneka izandla.

"Eyi, ngoba wawuvele uyisoka ndoda. Kwaba yinhlanhla nje nokuthi ugcine ushadile, imvamisa amasoka anjengawe aphelela endleleni. Kanti-ke waphinde wathola nomuntu okufanele, izithobile leya ngane yabantu. UMaZwane wakho mnewethu wayevele ebonakala nje ukuthi uwumuntu womshado. Ngangizophoxeka kakhulu ukuba wagcina ethole umuntu

91

owayezodlala ngaye! Kwangithokozisa nje ukuthi athole wena ngoba wayengeke alunge impela kubantu abafana nathi, abaphuzayo. Ngiyethemba-ke ukuthi usamphethe kahle. Ungalinge nje uvuse lobuya busoka bakho," kuqhuba uDuma ekhomba uPhakamani ngomunwe sakumexwayisa. Agobodise uPhakamani. Athi uma ekuqaphela lokho uDuma akhuze ababaze.

"Phakamani! Uqonywa kanjani ndoda ube ushadile?"

"Empeleni yingakho ngize lapha kuwe nsizwa yakithi. Ngiyazi ukuthi yize wena ungakashadi kodwa uzongikhanyisela indlela ngale nto," kuqhuba uPhakamani. Azihlele lapha esigqikini sakhe uDuma kungathi uthi 'woza nendaba ngize nendlebe.' Aqhubeke uPhakamani, "Duma mnewethu, ngifuna wazi ukuthi angiziqhenyi ngale nto engiyenzayo. Kukhona lo muntu wesifazane ozithobile, osebenzayo. Owesifazane onhliziyo yakhe inemihuzuko nemivimbo yasendulo. Owesifazane onakho konke ezweni ngaphandle kwenjabulo yokuthandwa. Ukusondela kwakhe eduze kwami Duma kungenze ngazizwa nginecala, icala lokumthanda kanye nelokumpholisa amanxeba."

92

"Uchaza ukuthini ndoda uma uthi inhliziyo yakhe inemihuzuko nemivimbo?" uDuma ebuza.

Adons' umoya uPhakamani. "Lo muntu mfowethu kwathiwa akasezukubathola abantwana. Anginandaba-ke nalokho mina ngoba vele uSenzi uyakwazi ukungitholela bona. Into okuyiyona engiyifisayo wukuchitha isikhathi naye ngibuka lobuya buhle bakhe obungathi yiGoli kusihlwa," enikina ikhanda okaMvelase.

"Ayi! Namanje angisizwa mina Phakamani isizathu sokuthi uthande lo muntu. Uma ubala ubuhle njengasona sizathu esenza umthande, hhayi uyaphaphalaza ndoda. Njengoba bebaningi kangaka abantu besifazane abahle, uqonde ukungitshela ukuthi bonke bazogcinela lapha kuwena? Ngicabanga ukuthi kukhona ongangitsheli khona ndoda ngalo muntu obukeka ekusanganisa kangaka," uDuma evulela uPhakamani ithuba lokuthi aqhubeke achaze ngoba wayezwakale ekuqaleni ebhibhidla njengengane. Phela uDuma lona wayengezwani nokulokhu ekhekheleza, uma esho into nje wayeyisho njengoba injalo.

93

"Empeleni bafo ngizothi lo muntu uyintshontshile inhliziyo yami. Ukuba naye nsuku zonke engixoxela ngobuyena kungenze ngafisa ukumsondeza eduze kwami, ngimthande."

"Hawu, wathi uba naye nsuku zonke kanti nisebenza ndawonye yini?" UDuma sekumcacela ukuthi ubudlelwano balaba bantu sebuthanda ukuba nezimpande. Nebala avume uPhakamani. Wake wathula uDuma sengathi ujule ngokuthile okwakufike kwamthiya engqondweni. Ngesikade aphefumule.

"Angifuni ukukwahlulela mnewethu ngenzise okomuntu ongalwazi uthando ukuthi lwakheka ngomzuzwana nje. Kodwa iqiniso lithi kulesi sigaba osukusona bekumele ngabe ukwazile ukuziqinisa wanganqotshwa yinto ezoba yisiphazamiso empilweni yakho kanye nasemndenini wakho imbala. Yebo, asibazi abantu izinhliziyo zethu ezisazobathanda kusasa kodwa izinqumo esizithatha namuhla yizo okumele zisilawule uma kwenzeka sivuka sekungesinye isimo ngakusasa. Kodwa mhlawumbe yimi ongaqondisisi kahle mfowethu. Uma nje ngingabuza, ufuna ukuba nesithembu?"

"Bengilokhu ngikungabaza lokho kodwa ngiyabona ukuthi kuya khona impela Duma, ngiyamthanda uMandisa," kusho uPhakamani.

"Iyinkinga le nto yakho ngoba wena uyawazi umthetho mayelana nokuthatha isithembu, futhi-ke ufundile. Bekumele uhlale phansi noMaZwane umchazele isizathu sokuthatha lesi sinqumo," kuchaza uDuma.

Ithi xhifi inhliziyo kuPhakamani uma ezwa igama likaMaZwane owayengangabazi ukuthi wayengeke ayizwe nhlobo leyo yokuqonywa kukaPhakamani. Ayikho-ke nokho into ayengayenza uPhakamani. Uma kuwukuthi wayefisa ngempela ukugcina ethathe uMandisa njengonkosikazi wesibili kwakuzomele ahambe zonke izindlela ezifanele, kanti futhi zonke zazidlula phambi kukaMaZwane. Yebo kakade vele kunjalo, uma ungowesilisa uganiwe usufuna ukuphinda uganwe futhi kuye kubaluleke ukuthi uhlale phansi nomama wekhaya niluxoxe lolo daba. Ngokubeka izizathu ezinqala nezizwakalayo kuba nguye umama wekhaya okuvumelayo ukuthi wenze njalo. Yize kuye kuthande ukuba lukhuni satshe kodwa kwesinye isikhathi

95

izimo zempilo eziphoqayo yizo eziholela ekuthathweni kwezinqumo ezifana nalezo. Kokunye iye ichitheke imizi ngenxa yokuba lula kwezizathu ezibekwa abesilisa. Kuye kube abesifazane abakhetha ukushiya ngoba bengayizwisisi kahle leyo nto noma kube yinkani yabesilisa ngoba besebenzisa ukuba namandla ngaphezu kwabesifazane.

"Ngiyakuzwa Duma. Ngisazoke ngithi ukuhlala phansi ngithi ukudla amathambo engqondo ngale nto, ngiyabona ngisheshe ngaphuma nesinqumo," kusho uPhakamani ecela indlela kumngani wakhe, besukuma bexhawulana, uDuma emkhipha ezinjeni uPhakamani. Bathembisana ukuthi basebezobonana ngelanga abangalazi nabo ngoba uPhakamani wayekhale ngokuxinwa umsebenzi kanye nokuba matasa ngezinto ezahlukahlukene.

Impela uDuma wayemshayile uPhakamani, yingakho nje wayelokhu ewetshise njalo amazwi ayeshiwo nguDuma. Kodwa kukho konke lokho wayengaliboni yena iphutha ngokuthanda uMandisa. Yebo, alikho iphutha ngokuthanda umuntu kodwa kwesinye isikhathi kuye kubaluleke ukungathathi izinto ngamawala ngoba uma

96

sezibuya kuwe zisuke zizokuphonsa othulini indaba ixoxwe ngamakhwela. Impela lwagcina lumgqibile uthando uPhakamani, lwamnika kuphela isikhala sokuphefumula. Uma sekunjalo-ke kuye kuthiwe luyakusanganisa. Yebo, akazange akugqize qakala ukuthi abantu babezothini engasayiphathi-ke ekaMaZwane. Ngokwakhe wayezokwamukela konke okwakuzokwenzeka inqobo nje esawaqhumuza anhlamvana nesithandwa sakhe esisha, uMandisa phela. Yebo zabe sezizolima ziye kulo itshe.

## 8. Azilime Ziye Etsheni

Umuzi kaMandisa wabe usuya ngasemaphethelweni. Izindonga zabe seziphothuliwe namapulangwe asegaxiwe phezulu sekusele khona ukuthi ifulelwe. Nasemsebenzini izinto zabe zihamba kahle, imali ingena iminineka lapha kuye. Ngapha wayesanda kuzithola esothandweni nomuntu wesilisa okokuqala ngqa emlandweni wempilo yakhe. Konke lokhu kwakumenza azizwe ejabulile futhi ingekho into emphazamisayo nevundle endleleni yakhe.

Kwakungolunye lwezinsuku belu ezihlalele nesithandwa sakhe, kusentambama njalo njengoba babesanda kuphuma emsebenzini.

"Mandisa s'thandwa uyazi bengicabanga lapha," kusho uPhakamani ebuka isithandwa sakhe emamatheka.

"Hawu! Pho kwasengathi iyakuthokozisa le nto obuyicabanga? Akungabi wukuthi usufuna ukulahla uMaZwane njalo!" UMandisa emkhomba ngomunwe.

"S'thandwa sami wena ngaso sonke isikhathi uhlezi usohlangothini lukaMaZwane, kungani?" kubuza

98

uPhakamani isithanda ukumnenga le nto eyenziwa uMandisa.

"Phakamani, usukhohliwe yini ukuthi uMaZwane umkakho? Mina ngokwami konke esikwenzayo ngibona kufanele simvikele ngoba unelungelo lokuyichitha yonke le nto esiyenzayo! Yini engathi amehlo akho avalekile nje Phakamani? Mina ngiyintombi yakho hhayi umkakho, ngakho-ke kubalulekile ukuthi ngimnike indawo yakhe lapha kuwe. Ngisho engakushayela ucingo sisazihlalele kamnandi kanje athi phuthuma kuye angeke ngale mina ngoba ngiyayazi indawo yakhe, ngiyamhlonipha, futhi ngangivele ngimhlonipha kwaba yikho-ke ukuthi…" uMandisa eyiqedela ngezandla inkulumo yakhe. Wake wathula uPhakamani amehlo akhe esewathume kude le ezinkalweni.

"Ngiyakuzwa Mandisa, futhi uqinisile. Kodwa-ke bengingacabangi ukumlahla uMaZwane. Empeleni le nto ebengiyicabanga ayihlanganise lutho naye. Le nto ithinta thina sobabili, mina nawe," esho ephakamisa iminwe emibili.

"Hawu yini le ecatshangwa kangaka ngathi sobabili?" UMandisa egoqa izingalo ezinakashisela esifubeni, ethula eselindele ukuzwa okuzoshiwo uPhakamani. Qaphu!

Yize wayengalungabazi uthando lukaPhakamani uMandisa kodwa wayengayilindele le nto ayeyizwa. Empeleni yamenza wacabanga ngokujulile, wazibuza waziphendula ukuthi ngabe iyini ngempela inhloso kaPhakamani.

"Izovelaphi imali engaka Phakamani? Uyabazi nje oDokotela abazimele ukuthi bamba eqolo! Nokuthi-ke mina sengizitshelile ukuthi angisoze ngaba nomntwana."

"Lalela, imali enginayo yanele. Njengoba ngisho nje, wena angeke ukhiphe ngisho indibilishi, yekelela mina kukho konke," kusho uPhakamani.

"Ngiyazi ukuthi yanele Phakamani imali onayo kodwa yanele izidingo zomuzi wakho. Cabanga ngomndeni wakho, *I mean* cabanga ngo *girl* wakho nomkakho, hawe Ma! Phakamani!"

"Khohlwa yilabo bantu Mandisa. Le nto ngithe eyami nawe sobabili. Futhi-ke kade kwasa ngiyicabanga le nto.

100

Ngiqonde ukuthi-ke ngibe naso isikhathi esanele sokuyihlela, akusiyo into engimane ngavuka isisekhanda. Okwakho nje wukuthi uvume ukuthi yenzeke kuphela," uPhakamani ebonisa uMandisa ukubaluleka kwale nto, eqinisekisa nokuthi yabe izobasiza kanjani othandweni lwabo olwabe lusazohamba ibanga elide ngokusho nangokwezifiso zabo.

"Uzokwenzenjani Phakamani uma ngabe ingalungi le nto, uzongilahla?" uMandisa ebuza ngokukhathazeka sekukhona nokwesaba ukuthi wayezomzonda uPhakamani uma ngabe kungabi namehluko emuva kokuhamba kwezimali ezishisiwe ezabe zisezinhlelweni zokuchithwa zichithelwe impilo yakhe.

"Hawu, ave uthanda kodwa ukungicabangela into engekho Mandisa. Uma ucabanga wena ukhona umuntu wesilisa ophilayo ekhanda ongalahla umuntu onjengawe?" UPhakamani ephulula isandla sikaMandisa.

"Ngazi ngani?" UMandisa epheqa amahlombe. Aqhube athi, "Angikwazi okuzocatshangwa yinhliziyo yakho uma ngabe izinto zingahambi ngokwezifiso zakho.

101

Mhlawumbe uzodinwa nje uvele ungilaxaze ngoba ngiyakubona ukuthi izinhloso namaphupho akho makhulu ngami."

"Kuzofanele uzame ukubuyelwa yithemba Mandisa. Ngiyaqonda ukuthi indlela izimo ezike zama ngayo zalicisha laphela nya ithemba kuwe, kodwa ngifuna wazi ukuthi angizwani nokuba *negative* kwakho," uPhakamani esondela kuMandisa, emwola, enamathelisa isifuba sakhe kwesakhe.

"Azisekho izinsuku ezihlanganisa amaholide kulezi zinyanga ezizayo, kanti ngizobe ngisebenza nangezimpelasonto. Izomiswa kanjani-ke le ndaba ngoba kungahle kusolwe ukuthi kukhona esikwenzayo uma ngabe sizongabi bikho sobabili ngezinsuku ezifanayo emsebenzini?" Kubuza uMandisa.

"Uyazi wathinta iphuzu elibalulekile s'thandwa sami. Kodwa-ke mina ngisenawo u-5 *days* ezinsukwini zami engingakaze ngiwuthathe. Inkinga ingaba ngakuwe. Kodwa futhi nawe uma ungaba nencwadi kadokotela akekho umuntu ozolokhu ekubuza ipasi nesipesheli," kusho uPhakamani. Baqhubeka-ke nokuhlela usuku ababezohamba ngalo ukuya eThekwini, behlela konke okwakuzodingeka ohambweni lwabo. Bavumelana ngakho konke.

Okwabe sekusele ukuthi uPhakamani abe nesizathu esithanda ukwesinda ayezofika asibeke emahlombe kaMaZwane, abeke nokuphuthuma kanye nobungozi obungadaleka uma ngabe lubhuntsha uhambo lokuya eThekwini. Akukho-ke okunye okwakuzosebenza ukwenza lowo msebenzi ngaphandle kwalo belu ulimi. Yebo, yize isisekelo samanga sintengantenga kodwa iqiniso lithi ayithuluzi elisetshenziswayo ikakhulukazi uma kwakhiwa amaqhinga. Kakade vele nakwezinye izinsuku kwakuba lula ukuthi avume uMaZwane uma ngabe uPhakamani esho into ikakhulukazi uma ngabe leyo nto iphathelene nomsebenzi kwazise wayazi ukuthi yiwo lo msebenzi obeka isinkwa etafuleni.

Nangaphandle nje kwalokho imfundiso yakubo ayeyithole eseyintombazanyana yayingamvumeli ukuthi aphikisane noma aqophisane nendoda. Konke lokhu kwakwengezwa nayilesi sibusiso sakhe esiwukulunga ayesinikezwe wuMdali ngenkathi esasesiswini sikanina. Okubi nje ukuthi kukhona ababesebenzisa lesi sibusiso sakhe ukuzimelela ukuze bahlale bebukeka bemsulwa emehlweni akhe, bona oPhakamani laba.

\*\*\*

Wabe usuzoqala umhlangano owawuphakathi kukaNdondo noMqemane kanye nothishanhloko ehambisana nesigugu esiyikomidi lesikole iZenzeleni High. Njengokwesivumelwano sabo umhlangano wabe uzoqala uma kubumbana ihora leshumi nambili emini bebade. Yingaleso sikhathi-ke okwabonakala ngaso uthishanhloko egodle okusabhukwana elandelwa wusihlalo wekomidi behola lona belu ikomidi phambili beyongena ehhovisi lakhe nokwakuyilo elalihlonzwe njengendawo okuzobanjelwa kulo umhlangano. Imoto yohlobo lweBMW X5 eyabe ifike emizuzwini engamashumi amathathu ngaphambi kokuthi kubumbane ihora leshumi nambili, iyona okwehla kuyo amabhungu amabili ayegqoke ephelele, eshaya ngamasudi amnyama suce. Amabhungu lawa nawo ayephethe amabhuku wona lawo anedumela lokubhala izinto ezibalulekile

104

ikakhulukazi uma ngabe kuyiyona imihlangano uma kungesikhona ukuthi aqukethe izimfihlo ezithile zomuntu ngamunye noma kube ukuthi aqukethe ulwazi lwezamabhizinisi. Unogada nguye owayecelwe ukuba asondeze lezi zinsizwa uma ngabe sekuzongenwa emhlanganweni, nebala enze njalo. Emuva kokuthi sebengenile ehhovisi oMqemane babingelelana nabaphathi besikole, wabe usuqala umhlangano.

"Njengoba bese sichazile sinothishomkhulu, sigungu laba enibabonayo uMnumzane uRadebe kanye noMkhwanazi, bacele ukuba basivakashele sonke sihlangene ngoba kukhona udaba abafuna ukuludingida nathi. Angeke-ke ngigeqe amagula lokhu angemuki, okuningi sekuyochazwa yibo," kusho uMnumzane uGumede usihlalo wekomidi okwakunguye owayelawula uhlelo lomhlangano. Luthamundwe!

"Mina ngokwami hhayi angiyiboni inkinga ngalokho. Empeleni ngibona inhlanhla nje eyehlela isikole sethu, futhi kuzosibeka ebalazweni lokho isikole," kusho uMama uMakhoba isekela likasihlalo ngenkathi

105

sekuvulwe ithuba lokuphawula emuva kokuthi uNdondo eselwendlale lonke udaba abeze ngalo.

Owaphawula ekugcineni kwaba unobhala uMnumzane uMdletshe, "Cha, nami angisiboni isizathu sokwala leli thamsanqa elehlela isikole sethu. Ngibona kuzokwenyuka nezinga lemiphumela emihle lapha esikoleni ngoba phela abantwana bazobe sebegqugquzeleka ukuthi baphothule ukuze bezongena ekolishi. Nani bothisha," uMdletshe ekhomba uthishanhloko, "Nizothi uma nikhuluma nabo nikhulume ngento abayibona eduze. Kanti okuhle kunakho konke yilokhu kokuthi lolu hlelo luzovulela amalungu omphakathi amathuba omsebenzi," uNgomane egoqa.

Kwahlaluka ukuthi akekho owayephikisana nesicelo esasifakwa yilezi zinsizwa ngaphandle kwemibuzo emincanyana nje eyabe ivela kodwa iphinde iphendulwe ngokushesha. Lokho-ke kwakusho ukuthi abaphathi besikole bayasamukela isicelo kwazise amandla okuvuma kanye nawokwenqaba ayephathiswe bona. Okwase kusele kwakuwukuthi uthishomkhulu abeke imigomo nemibandela okuyiyona elawula ukusebenza kanye nenqubomgomo okuqhutshwa ngayo izinhlelo lapha esikoleni.

Konke okwakuthintwa wuNdondo noMqemane kwakunyakaza ngokushesha. Bheka ngoba kwabona babengazitsheli ukuthi izinto zingashesha ngalolu hlobo. Kwaba yikho-ke ukuthi konke kwabe sekumi ngomumo ikakhulukazi okwakuzoqinisekisa ukuthi bayakwazi ukuqala ngesikhathi ababezibekele sona. Kukho lokho kuhlela kwabo kubalwa nokulethwa kwezinsizakusebenza, ukuqashwa kwabasebenzi kanye nokuqeqeshwa kwabo ikakhulukazi labo okwakuzobe kuyibona ababhekelele ukubhalisa abafundi uma ngabe kuqala unyaka. Kwahlelwa nezikhangisi ezazizogxunyekwa emgwaqeni zenze lowo msebenzi wokukhuluma imini nobusuku zincenga abantu. Baphinde bahlela nokwenza amabhukwana ayezobe equkethe ulwazi oluthe xaxa kubalwa nohlu lwemikhakha ikolishi elalizoqhuba ukufundisa ngaphansi kwayo. Konke lokhu kwakumele kwenziwe ngokukhulu ukushesha ngoba isikhathi sabe sesibukeka siya ngokuphela. Okuyikhona abangakwazanga ukukuqinisekisa wukuthi babezokwazi ukumumatha umthamo ongakanani wabafundi esigabeni sokuqala sonyaka. Lokho-ke kwakuzohleleka ngokuhamba kwesikhathi uma ngabe sekuqhathaniswa inani lezicelo ezazizofakwa, liqhathaniswe nezinsiza kusebenza.

Yize kwakuzofakwa izicelo zokufunda lapha eKolishi kodwa umgomo walo wabe uthi iningi labafundi akube abasendaweni ikakhulukazi laba abebekade befunda khona lapha esikoleni. Bazibekela inani elithile ababezoqinisekisa ukuthi lithola amathuba kuqala. Emveni kwalokho-ke babezothatha noma ovela kuphi umfundi.

"Eyi, Ndondo mfwethu mina sengifikelwa ukwesaba manje! Kwangathi le nto yethu izoba nkulu, kanti kulobo bukhulu bayo ingahle isidonsele amanzi ngomsele," kusho uMqemane.

"Kodwa ave uhlupha kwesinye isikhathi Mqemane! Kusemakhaya lapha, kanti futhi akekho umuntu ozolokhu esilandela efunana nezitifiketi ezisigunyaza ukuthi sidlulisele imfundo kubantu! Bayasethemba laba bantu

Mqemane, angithi ubonile ukuthi nalaphaya esikoleni abazange babuze lutho? Pho yini-ke manje?" kubuza uNdondo isiqala ukumnenga le nto eyenziwa uMqemane yokungenwa amanzi emadolweni. Ingani yiyo le nto yokuba ligwala eyenza babaleka eBulwer, kanti abantu base beqala ukubethemba njengoba kwenzeka nje nalapha eMseleni. Nalapho nguye njalo uMqemane owavele wagodola nje sekumele kuqale umsebenzi.

"Ngibonile impela mnewethu ukuthi bayesethemba, kodwa phela ukhumbule ukuthi elokufa alitsheli," kusho uMqemane

"Uqinisile impela uma uthi alitsheli, kodwa angeke-ke ungitshele ukuthi uzohlala wena ugoqe izandla ulinde lona ngoba awulazi ukuthi liyofika nini. Usuke uzophila kanjani uma usaba ukufa? Awamaningi amehlo abantu lapha Mqemane, noma wena ungawabona emaningi kodwa awasoli lutho, awaboni lutho. Cabanga ngemali esesiyichithile kusukela ngelanga lokuqala kuze kube manje, phinda ucabange ngemali esizoyithola ngoba phela wonke umphakathi uyayithokozela le nto, nokwenza umkhulu kangaka lo mphakathi, sizohlomula lapha mnewethu," kuqhuba uNdondo. Nebala abone uMqemane ukuthi hhayi mani, akumane kwenzeke okwenzekayo! Kakade vele injalo phela impilo, isekelwa wukuzuza noma kube ukulahlekelwa.

## 9. Isipho Sesibili

Amalungiselelo ohambo ayesephothuliwe. Konke okwakuzodingeka nakho kwabe sekumi ngomumo. Wayesezithathile zonke izinsuku zakhe ezabe zisele emsebenzini uPhakamani, kanti noMandisa naye ngapha wayeseyitholile incwadi kadokotela eyayichaza ukungaphatheki kwakhe, imeluleka ngokuthi kuzomele angazikhandli ngomsebenzi ezinsukwini eziyishumi ezazilandela. Yebo, umthwalo wawususobhokweni. Kanti lwabe seluqinisekisiwe nosuku uMandisa okwakuyilo ayezobona ngalo udokotela. Ingani odokotela laba baye bafune wenze i-*appointment* nabo, kube nguye-ke ozosho usuku azothi uma eluhlela ebese ehlelela nawe, hhayi ukuvele utheleke nje kungazelele muntu wena owabona abakwasidlodlo uma ngabe bekusola ngokuthile.

Isipho-ke siyinto esuka enhliziyweni ngokwejwayelekile. Ukuze siphume kuye kudingeke ukuthi kuthinteke kuqala inhliziyo yalowo muntu ophayo, kanti imvamisa futhi siba sihle. Noma wayekufihlile lokho uPhakamani kodwa ngaphakathi kuye kwakukhona ukuthi lesi ngesinye sezipho ezinkulu azipha uMandisa empilweni yakhe. Yize

111

nje wayezophoxeka uma ngabe izinto zingalungi phambili kodwa wayehleli emthandazweni, ebambelele ethembeni.

Kwakusekuseni, kunguLwesibili lweviki. UMaZwane wayevuke ngovivi, ebamba eyeka elungisela umyeni wakhe owayenohambo. Okuningi kwase kulungile kwazise phela wayeqale ngayizolo ukulungisa, e-ayina, epakisha enza konke. Wayesekwenze konke waqeda ngenkathi ecela uPhakamani ukuthi makahlale phansi ukuze bezokhuleka, amcelele uhambo oluphephile kuMdali. Noma kwakufika ukuthi anqabe uPhakamani kodwa wabuye wazikhuza esekhumbula ukuthi uNkulunkulu uzowamukela umthandazo ngoba wawuzobe uvela enhliziyweni kaMaZwane, inhliziyo ethobekileyo, emnene. Futhi kwakuzokwenzeka ngempela lokhu okwabe kucelwa nguMaZwane, yize nje kwakuzobe kuvuna uhambo ayengeke akuthakasele ukwazi ingqikithi yalo. Kwakungafani nokuthi kube nguye othandazayo ngoba vele wayekwazi kahle kamhlophe ukuthi lowo mthandazo wawuzophelela emoyeni. Nebala babambane ngezandla.

"Baba, siza kuwe ngemimoya nangezinhliziyo ezithobekileyo. Ekuseni Simakade sezulu ngicelela nangu umntwana wakho uhambo oluhle noluphephile, uz' umvikele Baba, umsindise ezingozini zemigwaqo ezibekwe yisitha ukuze abantu bangabaze ubukhona nobukhulu bakho. Siyazi-ke Somandla ukuthi konke kuhlelwa Nguwe njengoba nalolu hambo walwazi lungakahlelwa ngokwasemhlabeni. Yebo, Nguwe owalwazi kuqala. Uthe ezwini lakho asicele konke esikudingayo wena uzosenzela, yingakho-ke sicela lolu hambo ukuthi luqashwe ngaphansi kweso laKho. Akuthi noma kukhona okubi okuhlelwa yisitha kepha kungaphumeleli. Busisa lezi zandla-ke Somandla okuyizo ezizobe ziqhuba inqola nayo eyakhiwe ngezandla zomuntu, umgcine, umvikele, umlondoloze kuze kube wusuku lokugcina. Konke esikucelayo sikucela ngokukholwa nokwethemba igama laKho eliNgcwele, ameni!"

"Ameni," besho kanye kanye bephetha umthandazo.

"Ngiyabonga s'thandwa sami," uPhakamani emamatheka.

"Umkholwe uNkulunkulu Phakamani, uzokusiza," kusho uMaZwane owayengakaphumi kulowaya moya wasemthandazweni.

"Ngiyamkholwa Mangethe, futhi ngiyabonga s'thandwa. Kodwa awuzange ubathandazele laba engihamba nabo, uthandazele mina ngedwa," uPhakamani esho. Kungaleso sikhathi umoya kaMaZwane owabuyela ngaso esimeni esejwayelekile.

"Ayibo Phakamani! Phela umuntu nomuntu ukholelwa kulokhu akholelwa kukhona. Kungaba yinto enjani nje uma ngingakhulekela umuntu ngapha, kanti yena uzishisela impepho ucela amathongo akubo ukuthi amvikele? Futhi nje umuntu uzikhulekela yena ngoba nguye owazi izidingo zakhe, nami nje ngikukhulekela ngoba wena uyimina, nami nginguwe," kubhoka uMaZwane. Wabona kungcono ukuthi avele athule uPhakamani angaze aphoxeke. Wavalelisa-ke okaMvelase owayesekuqinisekisile ukuthi wabe ezobuya ngoMgqibelo ebusuku. Washiya nemadlana eyayizosala ibheka uMaZwane noSenamile.

114

Yebo, yiyo leya imoto yakhe inyonyoba isiyophuma esangweni, ehla elivala, elokhu esiphakamise njalo isandla evalelisa kumakoti wakhe kanye nengane yakhe ababemi kuvulande bebuka ithemba labo lihamba. Yahamba njalo imoto kaPhakamani yaze yagwinywa yizihlahla, yaphelela emehlweni, base bebuyela endlini.

UPhakamani wadlula wathatha uMandisa owayesevele emi ngomumo. Kakade vele akakaze ashiywe yisikhathi nakanye uma ngabe kuhanjwa. Badlula eMbazwana bafaka u*Petrol* emotweni, ithange lagcwala nswi. Yaphuma-ke yeqa umgwaqo omkhulu odabula phakathi ezitolo eMbazwana, idlula izimakethe ize iyojika ngasesikhumulweni samatekisi, iyikhomba eningizimu. Yahamba njalo idabula isiqiwu iSimangaliso Wetland Park, iqhubeka njalo iyodlula kwaMduku yaze yayodlula eHluhluwe nokuyilapho eyafike yabamba umgwaqo onguthelawayeka u-N2 isilibangise eThekwini.

Ngapha uMaZwane wabe esale walungisa endlini njengenjwayelo, waqeda lapho wathatha umntwana wakhe bahamba baya edolobheni. Imali eyayishiywe uPhakamani yayenele ukuthi uMaZwane athenge ukudla

115

kuyo aphinde athenge nezimpahla zengane lezi ezazike zasusa umsindo ngaphambilini. Wayefuna ukuthi athi eqamba ebuya uPhakamani afice sezikhona izimpahla. Ingani unina wayemdonse ngendlebe emtshela ukuthi akufanele alinde indoda ngoba nguye umuntu okufanele enze konke, nebala wayemzwile.

Babefike eThekwini seliya ngomutsha wendoda. Lwalubavovile impela uhambo, ingani basebeziguduze zonke izindawo abazaziyo bebheka indawo yokulala engabizi kakhulu, kwaba yikho-ke ukuthi zonke zazigcwele kwazise ngalesi sikhathi sonyaka abantu basuke bevakashe eThekwini bezongcebeleka nemindeni yabo, bavakashele nasolwandle. Yingakho-ke babehlezi eGardern Court bezitika ngobuhle bolwandle olwabe lugubha amagagasi, emahle kungathi yizimbali uma ngabe zithakasela ukwethwasa kwehlobo. Babesahlezi kanjalo ngenkathi kuvuleka i-*lift* kwehla intombazane esebenza lapha ehhotela nokwakuyiyona eyayibalindise lapha e*Reception*. Yafike yabanikeza izikhiye kanye nenombolo yendlu ababezolala kuyo, bangachitha sikhathi nabo banyuka ngayo i-*lift*.

116

"Yinhle le ndawo, uyazi. Ngizocela sibuye Mvelase emuva kokulunga kwezinto sizothokozela uthando lwethu," kusho uMandisa egaxa ingalo yakhe ehlombe likaPhakamani owayemi efasiteleni kungathi ujule ngokuthile. Aphenduke, babhekane, bamamatheke kodwa ukumamatheka kukaMandisa kuphethe ngezinyembezi. Amsondeze ne esifubeni uPhakamani.

"Ungabe usakhathazeka kakhulu Mandisa s'thandwa, konke kuzolunga. Injabulo ye…" aphazanyiswe ukukhala kocingo lwakhe uPhakamani. Badedelane. Lumuthi nke uvalo uma ebona ukuthi nguMaZwane lo oshayayo. Nebala alubambe.

"Mama KaSenamile…"

"Kazi waba njani yise womntanami. Awusasho nokuthi uhambe kanjani!" Kusho izwi ocingweni.

Abalise ngokudungeka komqondo nokuhlangahlangana kwezinto okumenza akhohlwe yonke into uPhakamani. Nokho axolise, agcine asho nokuthi uhambe kahle kakhulu, bakhuluma nje usanda kungena egunjini azolala kulo. Abalule nokuthi usaphumula ngoba uzovuka ngakusasa aye emhlanganweni wokuqala. Konke lokhu ayekusho kwakungabuziwe, ukuba wayekhuluma nomuntu oqeqeshelwe ukusesha yayiyoze iyochithana impela. Kwaba yikho-ke ukuthi uMaZwane uyamethemba umyeni wakhe, futhi kwakufanele ukuthi azikhininde zonke izindaba ngoba wayekhuluma nomuntu wakhe. Ngaleso sikhathi uMandisa wayethule sengathi uthatha isithombe sepasi. Kwaze kwaba ukuthi bayavalelisana-ke uPhakamani noMaZwane kwaba yima ekhululeka uMandisa.

"*Finally*, usuze waqeda! Hawe ma!" UMandisa ebeka izandla zakhe emlonyeni.

"Uthuswa yini s'thandwa?" Kubuza uPhakamani emangele.

"Ave ngimsaba lo muntu wakho, ngivele ngimbone nje ngamehlo engqondo esesibhadamile ukuthi siyathandana…" esho ehlala sakuzilahla embhedeni owawendlalwe kahle ngamashidi amhlophe qwa wahlotshiswa imicamelo emibili emncanyana eyabe ibekwe kwiphakathi nendawo lombhede. Kulokho

118

kuhlala kwakhe walandelwa wuPhakamani naye owaziphonsa kuwo umbhede kucaca nje ukuthi ukhathele uyimvithi.

Emuva kokuthi sebegezile badla, bachitha isikhathi sabo ngokwabelana amaphupho abo. Yebo amaphupho kaPhakamani amaningi abe esefezekile ngokusho kwakhe sekusele leli elabe lizocaciswa ngosuku olwaluzolandela. UMandisa yena kwakuvela ukuthi cishe yingxenye yonke engakafezeki kula maphupho akhe kodwa inhliziyo yakhe yakhululeka lapho ezwa ukuthi uPhakamani wayezomsiza ukuwafeza wonke ngobuningi bawo. Babexoxa konke lokhu behlezi embhedeni begonene wena owabona inhlwathi uma ngabe izigoqile. Baze bagcina belanyulelwe ubuthongo, balala zwi. Basebezovuka ngakusasa banikele khona kudokotela.

Wayephaphame kuqala uMandisa kunoPhakamani. Nokho akwethusi-ke lokho ngoba phela wayevele elale obenyoni. Kwabe kusize khona nje ukuthi wayekhathale kakhulu ngayizolo, ukuba kwakungesikhona lokho wayengeke abuthi quthu. Empeleni wayethukile, esaba ukuthi hleze baphoxeke benesithandwa sakhe nokwenza esithanda kangaka bakithi. Wake wasibuka bandla isithandwa sakhe esabe sidonsa obudala, wamamatheka yedwa maqede wabona kungcono ukuthi asivuse kwazise isikhathi sabe sesithanda ukubaphikisa. Nebala asivuse.

"*Morning sweetheart*," uMandisa ethatha iminwe yakhe eyishutheka phakathi kwekaPhakamani.

"*Morning beautiful, how was your night*?" Kubuza uPhakamani, ezihlikihla amehlo, enza konke okwenziwa wumuntu osanda kuvuka ebuthongweni.

Bazilungiselela-ke baze baqinisekisa ukuthi akukho abakukhohlwayo okungahle kudingeke phambili, nezimpahla zabo bazishiya kwazise babesazobuya. Nebala baphuma-ke babamba i-*lift* eyayiyoze ibathi cababa ezansi. Imoto yabo yayiphume yabamba umgwaqo obheke ngaseningizimu. Yayisahambe ibanga elifushanyana nje nangenkathi ithatha umgwaqo uSylvester Ntuli kwesobunxele, ihamba njalo ize iyokweqa uWest Street kamuva osewaziwa ngokuthi uDr Pixley KaSeme, yehla njalo yafika yajikela kwesokudla ibamba umgwaqo uSmith Street nawo osewaziwa ngo-

Anton Lembede. Wayenganake lutho uPhakamani ngenkathi ecishe eshayisa insizwa eyaqhamuka isishwibeka ingena phakathi emgwaqeni imemeza "Woza sisi! Uyahamba? Emakethe! Nanda Rank! Berea Centre!" Ngenhlanhla washeshe wayibamba imoto. Lutho ukuxolisa insizwa yansondo, yasho phezulu etekisini elalivulekile, nokwathi uma ingena kulo lasuka. Yaphinde yavela insizwa kulokho isivela ngefasitela ilokhu ilishaye njalo ikhwela. Wasala wanxapha yedwa uPhakamani, uMandisa yena elokhu elinikine njalo ikhanda. Yaqhubeka njalo imoto ikhuphuka ngawo umgwaqo wodumo lwamatekisi aphithizelayo, idlula iCity Hall esandleni sokudla, idlula iPlay House kwesobunxele, iyokweqa uGadner Street. Lapho yabe isihambela ngasohlangothini lwangakwesokudla, eseqalile noPhakamani ukuqalaza. Nebala asheshe ayibone le ndawo abeze kuyo. Afune indawo yokupaka, maqede behle. Yebo, aqinisekise ukuthi iyona ngempela le ndawo ngokuqhathanisa ikheli elibhalwe obondeni naleli athunyelelwe lona kumakhalekhukhwini. Nebala bangene.

## 10. Okwamanje Cha!

Yebo, wayengafuni ukukholwa uMandisa ukuthi konke ayekwembathe eminyakeni eyedlule kwabe sekusukile kuye. Yingakho nje wayesalokhu eziciphize njalo izinyembezi ngisho sebebuyele ehhotela, bevela kudokotela. Wayethi angambheka uPhakamani avele ashawe uvalo oluncane olwalumenza angakholwa ngempela ukuthi zonke lezi zizumbulu zemali azikhiphe kwadokotela ubezikhiphela yena. Wayengakholwa ukuthi nguye lo osezokwazi ukuthwala umuntu ngesinye sakhe. Wayengakholwa futhi ukuthi nguye lo osesizwe umuntu wesilisa ekubeni wayefunge wagomela ngaphambilini ukuthi akasoze yena azihlanganise nomuntu wesilisa empilweni yakhe. Ngempela basuke beqinisile uma bethi impilo iyisimanga. Lokhu kwamenza wabona ngempela ukuthi abantu abayi nganxanye bengemanzi. Phela omunye umuntu wayengeke ayenze le nto eyabe yenziwe uPhakamani. Omunye wayengamane ezwe isimo esamehlela uMandisa maqede athi galo yephuka, bese uxakeka-ke ukuthi kanti luyini futhi luchazani uthando.

Akekho omunye umuntu owayengakuchazela kabanzi ngobunjalo bothando kanjalo nokujula kwalo ngaleso sikhathi ngaphandle kukaMandisa. Lena ngenye yezinto eyayimenza ukuthi akhale ngalolu hlobo. Wayebuyekeza yonke indlela ayedlule kuyo kuze kube manje. Kodwa ayegxile kuyo kakhulu yile yangosuku lokuqala eshelwa nguPhakamani. Empeleni yena wayezitshele ukuthi uPhakamani lona wenza le nto ejwayele ukwenziwa yiwo wonke umuntu wesilisa ayengayazi naye noma iwusiko yini, yokuthi umuntu wesilisa uma nje ake wathola ithuba uvele azibike kunoma yimuphi umuntu wesifazane athe uma embheka wambona elula. Kodwa manje kwabe sekucacile ukuthi uPhakamani wayengadlali ngaye. Konke okuhle ayesemenzele khona yikho kanye okwakumchazela ngeqiniso elabe lisithezwe enhliziyweni kaPhakamani. Ingani kuye kuthiwe noma kungaba mnandi kangakanani okuphuma emlonyeni womuntu kepha uma ngabe izenzo zakhe ziphikisana nalokho kusuke kuzifanela nento engekho.

Kwabe sekunguLwesine ntambama, behlezi endlini ababengenise kuyo. Angithi ngayizolo babefike kwadokotela bazama ukumhlola uMandisa, kwahlaluka ukuthi kuzomele ahlinzwe ukuze baqinisekise konke. Babemyalele ukuthi abuye ngakusasa. Imithi nemijovo enamandla eyasetshenziswa kuye iyona le eyabe isamnika amandla.

Ngakolunye uhlangothi uPhakamani naye wayejabule kuthi akagxumagxume. Angithi naye wayekade ebambe umoya ezitshela ukuthi imali yakhe izohambela amahhala. Nangalesi sikhathi esayina amaphepha evuma ukuthi ahlinzwe uMandisa wayelokhu ebakaza. Phela ngokusayina wayevuma ukuthi noma kungenzekani olubi kuMandisa wayengeke ababeke cala odokotela. Yebo, wahlala emthandazweni wabamba umoya kwaze kwaba ukuthi konke kuyaphothulwa. Imiphumela eyaphuma emuva kwalokho iyona le eyabe seyibenze babhekana ezinhlamvini zamehlo beqhudelana ngezinyembezi kungekho namuntu owayezobathulisa. Ukube izindonga zehhotela zazikwazi ukubathulisa mhlawumbe kwakuzoba yizo ezabe zizolamula.

"Angisazi Phakamani ukuthi ngiqale kuphi khona kungathiwa ngiyaqala ukukubonga..." uMandisa ebibitheka. Amamatheke uPhakamani kuzo lezo zinyembezi.

"Noma yini Mandisa esuke izokwenza ujabule ngizimisele ukuyenza, noma yini," okaMvelase esho esula izinyembezi zesithandwa sakhe ngesandla. Wayezibuza eziphendula uPhakamani ukuthi ngabe sekuyisiqalo esisha sempilo yakhe emuva kwakho konke ayesevele ekwakhile? Phela yena wayengaziphuphi nje esenesithembu ngelinye ilanga, kodwa izindlela zakhe zonke zabe sezibheke khona futhi sezithanda nokuvuthwa.

"Uzodlani?" Kubuza uPhakamani ebhekise kuMandisa.

"Anginawo umdlandla wokudla. Ngingawathokozela ama *fruits rather than a full meal*," kusho uMandisa.

"Kulungile, ngizokwehla ngiyokubhekela wona laphaya ezansi."

"Ngingajabula Mvelase," uMandisa entshontsha isithandwa sakhe esase sisukumile sigqoka i*Jacket* kwazise kwakukhona umoya ohelezayo lena ezansi owawubikezela ukushona kwelanga ukhashwa nawumswakamo wolwandle.

Wayesanda kuphuma nje uPhakamani ngenkathi kukhala ucingo lwakhe ayelushiye phezu kombhede. Kwakungumkakhe lo owayeshaya. Lwakhala lwaze lwazithulela ucingo uMandisa elubuka nje sengathi ubuka into angayazi. Noma wayengafisa ukulubamba ukuze atshele lo oshayayo ukuthi umninilo akekho usaphumile wayengeke akwazi ukukwenza lokho kwazise wayelazi izinga likaMaZwane futhi wayezama ukumnikeza lona ngasese. Wayengafuni ukuthi kuchitheke imizi yabantu ngenxa yakhe, yize nje naye wayeseqala ukuzizwa engena esikhundleni ayecabanga ukuthi kufanele ahlonishwe ngaso kodwa unembeza wawuphinde umkhumbuze ukuthi akanawo amandla ngaphezu kukaMaZwane.

"Hawu, wasiza washesha wabuya. Bekukade kufona u… bekufona umama kaSenamile," kusho uMandisa ebhekise kuPhakamani owayengena emnyango ephethe okusabhasikidi efake kukhona izinhlobonhlobo zezithelo. Lwake lwamuthi thwansu uvalo uma ecabanga ukuthi uMandisa ulubambile ucingo.

"Manje... wena ulubambile yini?"

"Yebo, ngimtshelile ukuthi wena usaphumile kodwa uzobuya khona manje," uMandisa ejikisa ubuso ezenza umuntu ongadlali. Ladlala ibhulukwe endodeni, yajuluka ubala ngomzuzwana nje.

"Mandisa! *What the hell you...*" uPhakamani eneka izandla emoyeni, ezivula ezivala kucaca nje ukuthi uphelelwa amazwi.

"Bekumele ngenzenjani Phakamani? Bese ngikhathele mina ukulokhu ngifihla. Ngibone kungcono ukuthi asheshe alazi iqiniso," eqhubeka uMandisa nokukluvela amanzi emadolweni kaPhakamani. Lapho kwasekuthi akahayize uPhakamani. Ubhasikidi wezithelo wabe usugiqika phansi engasenandaba nokuthi ubezithengele isithandwa sakhe.

"Mandisa! Uyenza kanjani leyo nto ngaphandle kwemvume yami? Hhe?" UPhakamani elibamba elidedela ikhanda, esukuma, ehlala, eshabasheka kuhle kwenkukhu ifuna ukubeka iqanda. Wayesashabasheka kanjalo ngenkathi eqaphela ukumamatheka kukaMandisa kungathi akonakele lutho kuye. Wake wazibuza ukuthi kodwa ngabe uyaphila kahle ekhanda lo muntu wesifazane noma kukhona okuphambene.

"Ehlis' umoya Mvelase wami omuhle," uMandisa esukuma eqonda ku-*sink*, ebuya nengilazi egcwele amanzi eyinikeza uPhakamani. "Phuza lapha ungaze ungiqulekele. Khona ubefonile ngempela umkakho, kodwa angizange ngilubambe ucingo, *relax*, akukho lutho. Kodwa-ke *on a serious note* kuzomele umfonele. Sesiside kakhulu lesi sikhathi ungamfoneli, naye usengaze asole ukuthi kukhona okushaya amanzi."

"Hheyi ungambulala umuntu Mandisa…" kusho uPhakamani, baphubuke bobabili. Asukume uPhakamani acoshe izithelo lezi ebese zigingqika phansi. Axolise bandla esithandweni sakhe ngesenzo sakhe, akhale ngokwethuka okusuke kwamengama.

"Akunankinga s'thandwa sami, ngizowawasha," kusho uMandisa esukuma emukela isitsha sezithelo kuPhakamani. Njengokusho kukaMandisa, uPhakamani wabe esethatha ucingo waluthumela ekhaya kumkakhe.

Lwalusakhale kanye ngalena ngenkathi lubanjwa. Yize uPhakamani wayezitshela ukuthi uMaZwane uzothetha kodwa wamthola kuyilo owejwayelekile, onomoya ophansi.

"Baba, besengike ngazama ukukushayela, kanti nayizolo kusihlwa futhi ngithe ngiyazama ngathola ukuthi ucingo luvaliwe," kusho izwi ocingweni.

"Phephisa. Ngisuke ngakhathala kakhulu izolo ntambama, yingakho bengiluvalile ucingo. Kulokhu okwamanje-ke bengisaphumile kancane. Injani kodwa impilo?"

"Siyaphila okungatheni, sesifile yinkumbulo," kusho uMaZwane ngezwi eligcwele ukukhathala.

Baqhubeka-ke baxoxa laba bobabili. Engxoxweni yabo kwakugqama inkumbulo eyabe idla lubi nhlangothi zombili. Noma nje kwakungaqinisekisiwe okwakushiwo uPhakamani. Phela umlomo lona ukhuluma noma yini osuke uyithunywe ngumniniwo ngaleso sikhathi kungakhathalekile ukuthi yiqiniso noma ngamanga yini. Ingani omunye wayengabuza ukuthi ukhumbula kanjani ekhaya ekubeni ehambe ngezinhloso ezithile ezabe zizogcina ziholele ekutheni uwe lowo muzi? Bavalelisana-ke, okaMvelase ephetha ngokugcizelela kumkakhe ukuthi wabe esezobabona ngoMgqibelo seliyozilahla kunina.

"Uyazi amanga avele angakufaneli. Mina ukuba ngingumkakho ngabe ngihlezi ngikubamba uma ungikhohlisa," kusho uMandisa echukuluza uPhakamani.

"Kwakungesiyo into engiyijwayele ukuqamba amanga kwaze kwaba wukuthi kufika wena empilweni yami," kusho uPhakamani enza sengathi naye iyamkhathaza le nto.

"Uqonde ukuthi yimina owakufundisa amanga?" UMandisa enyukubala ebusweni.

"Cha, akunjalo Lusibalukhulu. Into engiqonde ukuyisho wukuthi kwesinye isikhathi usuke ungathandi ukusebenzisa amanga kodwa ugcine uphoqeleka ukuthi uwasebenzise ngoba kuwukuthi ufuna ukuvikela laba osondelene nabo," kusho uPhakamani ezama ukuzivikela.

Akazange aphikisane naye uMandisa kwazise lawo manga ayeqanjwa uPhakamani ayevikela yena.

Injabulo yalaba bobabili yaqhubeka phakathi kwabo engekho umuntu oweyengabaphazamisa. Base besalelwe wusuku lwangakusasa kuphela bendawonye endaweni yabo ekhululekile. Yebo, base bezobuyela emuva ukuze bayoqhubeka nomsebenzi baphinde babhekane nezingqinamba ezabe zizolandela. UPhakamani wayeninga ngokwakumele akwenze kanye nezinqumo ayecabanga ukuthi zingaba zinhle uma ezithatha ngempilo yakhe eyabe seyithathe elinye igxathu. Kanti uMandisa yena wayengasakwazi ukulinda ukutholela uPhakamani umntwana ayengakungabazi ukuthi kuzoba yindodana ezoba yindlalifa yabo. Bheka ngoba waze wakuphimisela ngomlomo wakhe lokho kuPhakamani. Yize kwakuzwakala kukuhle kodwa uPhakamani akazange akujahe lokho kwazise kwakusamele adlule ekukhulumeni okunzima ngaphambi kokuthi kwenzeke.

"Ngiyakuzwa Mandisa. Empeleni nami ayikho into engizoyijabulela njengaleyo. Kodwa-ke uyasazi isimo sethu esenza singabi abantu abenza into ngokukhululeka.

Kuzofanele silinde isikhathi esifanele sokwenza konke esikufisayo ngekusasa lethu. Kodwa okwamanje cha! Asilandele umthetho."

\*\*\*

Nakuba umsebenzi wawuhamba kahle ngapha koNdondo, ubukeka uthembisa futhi kwase kuthanda ukuba nesithinzana nje esasithanda ukubaphazamisa. Yebo, wawubonakala uzochuma wona umsebenzi kodwa noma kunjalo kukhona okwase kuthanda ukuba uhlalwana. Kunomyalezo owawuvela emuva le ababeke basebenza khona owawulokhu ubanakashele wena owabona izimpukane zijinge isilonda, zingasezwa noma seziphungwa. Kwase kungaphezu kwamandla abo. Kwakufanele kwakhiwe icebo lokuzitakula kulolu bishi lwesimbelambela esasilokhu sibalandelile. Awekho amacebo ababengawakhanda avumelane nendawo lapho okwakuvela khona imiyalezo ukuze basebenze ngokuthula nabo ngapha, bangaphazamiseki. Babenganakwenza lutho. Uma bethula babezophuthelwa okukhulu kakhulu ngezinto ezazingalungiseka kalula nje.

Bakhanda icebo, babonisana ngalo. Baliphenduphendula kwaze kwaba yindaba. Laphuma icebo noma babengazi ukuthi lizobalonda isikhathi esingakanani. Bahloma ucingo ndawana thize. Kwakhandwa izethembiso, kwavunyelwana. Kwakucaca ukuthi akuseyuphinde kuhlushwane nalowo owayefonelwa uma izinto zenzeke njengokuthembisa kukaNdondo. Naye lowo owayefonelwa kwathiwa kufanele avule eyakhe ingqondo. Angathembi ukuthi uyohlala ecatshangelwa yibo. Base bemkhombisile isiziba esinezinhlanzi, sekufanele adobe, adle. Uma ebambe encane kwakuyoba yindaba yakhe. Useyodlulela phambili ngokwakhe azicingele yena ezinye izinhlanzi. Phela uNdondo wayehlala ahlale acwaninge ngendawo nabantu abaphila kuyo. Kukhona-ke nomoya ayesewutholile, wawuhogela. Wamanelisa, wamamatheka yedwa. Wayengawusebenzisa ukuzikhulula yena nomngani wakhe uMqemane ukuze bengezukudla beqalaza.

## 11. Asilandele Umthetho

Yize yayimshisa indaba kaMandisa uPhakamani kodwa kwakuzomele athole indlela engcono yokwethula lolu daba kuMaZwane. Yebo, wayekhethe ukulandela umthetho wokuganwa othi owesilisa uma ngabe evele eganiwe kodwa esefuna ukuphinda aganwe futhi uye axoxisane nomakoti omdala ukuze kuzoba nguye ozovuma. Yiso lesi esinye sezizathu ezigcina ziholele ekuhlukaneni kwenhloko nesixhanti ngoba phela lona wesifazane osuke evele ekhona usuke engaphoqelekile ukuvuma. Kuba kuyena ukuthi uyavuma yini noma uyanqaba. Futhi usuke engekho umuntu ozombeka icala ngalokho kwazise amalungelo akhe njengonkosikazi wokuqala asuke emgunyaza ukwenza noma yini ayithandayo. Kwesinye isikhathi kugcina kungazwenwe impela. Yingakho nje uthola sekukhona imizi eqhuma emaceleni ngoba sekubalekelwa imiphumela yenkani esuke izosusa isishingishane uma ngabe behlala ndawonye abesifazane abagane indoda eyodwa.

Konke lokhu kwakumhlupha uPhakamani. Kodwa-ke wayebona kungeke kube yinkinga kangako ngoba vele uMandisa wabe esevele enawo umuzi. Okwabe sekusele nje ukuthi uMaZwane aziswe bese kuba kuyena-ke ukuthi uyavuma noma uyanqaba. Yebo, okaMvelase kwabe sekumele alulungise ulimi lwakhe, aluthambise, aklelise kulo zonke izizathu ayezozibeka kuMaZwane ezabe ziholele ekutheni akhethe ukumlethela iwele.

Ngapha umuzi kaMandisa wabe usuqediwe. Wayesezosuka lapho ayekade eqashe khona ahlukane nokulokhu ebangelwa isicefe ngemigomo nemithetho yasemqashweni. Okwase kusele nje ukuthi athenge impahla yasendlini ukuze phela uzohlonipheka umuzi wakhe futhi kukhombise ukuthi ungowomuntu osebenzayo.

KwakunguLwesihlanu seliyozilahla kunina. UMandisa wayekade ephume emsebenzini wadlula emzini wakhe ngenhloso yokulungisa izintwana ezincane njengoba wayezothutha ngempelasonto. Wayejabule kakhulu ejatshuliswa wukuthi naye usezoke alale kweyakhe indlu eyakhiwe ngamandla akhe. Wayengazelele lutho nangenkathi kukhala ucingo esikhwameni sakhe lesi asiphatha uma eya emsebenzini. Wayesamangele nje ukuthi ngabe ubani lo omshayela ucingo nangenkathi eqaphela ukuthi le nombolo emshayelayo akanayo ohlwini lwezakhe, yabe ingabhaliwe igama.

"UMandisa Dlamini okhulumayo, sawubona," uMandisa ebamba ucingo.

"Sawubona sisi," kusho izwi lowesilisa ocingweni.

"Yebo. Ngikhuluma nobani?" Kubuza uMandisa emangazwa yilo muntu othobeke kangaka.

"Igama lami nginguMbekezeli Dlamini. Ngokuhlala ngilana eGoli. Ngiyethemba ukuthi awungazi, kodwa ngithe angikushayele emuva kokuyifuna ngize ngiyithole inombolo yakho. Ngizalwa ubaba u-Alfred Dlamini engizwa kuthiwa sewendela kweliphakade. Sengathi umphefumulo wakhe ungaphumula ngokuthula," kusho le nsizwa idonsa umoya. Iqhube ithi, "Ngiyazi ukuthi ubaba ubesenomunye umama emakhaya. Emuva kokumfuna isikhathi eside ngibe sengitshelwa ngendodakazi yakhe engudadewethu kimi, enguwena. Ngenkathi engishiya emhlabeni umama wayengitshelile ukuthi ubaba ungowase-KZN, eMzimkhulu. Imininingwane anginika

136

yona yabe ingenele ukuthi ngikwazi ukumthola ubaba. Kodwa ngiyethemba ukuthi ngoba sengithole wena konke sekuzoqonda," kuqhuba uMbekezeli. Ngaleso sikhathi uMandisa wabe esemile, ethule elalele. Noma kwakuzwakala njengephupho lokhu ayekuzwa kodwa waphinde wakhumbula langa limbe abazali bakhe besaphila, uyakhumbula ukuthi uyise wayeke wakubalula ukuthi kukhona ingane yomfana ayeyizale esasebenza eGoli. Ngabe kwabe sekuyiyona yini lena? Kudlule ingelosi. Aphefumule uMandisa.

"Ngiyakuzwa Mbeke… uthe ungubani kambe?" Kubuza uMandisa.

"NginguMbekezeli."

"Ngiyakuzwa Mbekezeli. Kodwa namanje angiqondi ukuthi mina ufuna ngikusize ngani," kusho uMandisa kwangathi uthi yenaba kabanzi mfo wezizwe.

"Okusho ukuthi wena dadewethu bengiwumuntu osebenzayo eminyakeni eyedlule. Ngeshwa-ke ube usuphela umsebenzi ngezizathu ezithile. Ibe nzinyana impilo ngenxa yokuthi nami senginabantwana, kanti

137

njengoba unina engasebenzi nje bonke abayisithupha babheke mina. Yingakho-ke ngibone kungcono ukuthi ngixhumane nawe sisi ukuze sibone ukuthi senza njani. Mhlawumbe kungangilungela ukuzohlala ekhaya ngoba impilo yakhona ayibizi njengeyalapha eGoli. Nokuthi-ke mina nawe sibheke ukuthi sihlukaniselana kanjani ezintweni zika..." lunqamuke ucingo ngalena. Kucace ukuthi sekuyileyo ndaba yezindleko zokushaya ucingo ikakhulukazi njengoba labe lingakashoni ilanga.

Kwakuthi akahlanye uMandisa. Yonke le nto ayeyizwa yayimsanganisa ikhanda, ingagcini lapho kodwa iphinde imdine. Yena lo bhuti wabantu wayehlaleleni sonke lesi sikhathi engazivezi? Yini eyase imenza azoziveza ngalesi sikhathi lapho khona uMandisa wayesewudayisile khona umuzi? Wayenziwa yini lo mlisa ukuthi avele ngesikhathi uMandisa eqeda nje ukwakha umuzi wakhe ayesenethemba lokuthi uzozihlalela kuwo yedwa engaphazanyiswa muntu? Yonke le mibuzo yabe iphambana ekhanda likaMandisa owabe eseqhoshe phezu kwezicucu zezitini lezi ezaziqheshulwa ngenkathi kwakhiwa zabe sezibekwa zaba iqoqo bude buduze

138

novelande. Kodwa kukho konke ukukhathazeka ayesengene kukhona uMandisa wabe ezibona ubuwula ngokukhohlwa ukuthi uyise wayeshilo njalo ukuthi unengane ngaphandle. Kwakuzoba ngcono ukube leyo ngane kwakungeyentombazane. Pho-ke? Yebo, kwabe kuyindlalifa uqobo lwayo.

Wayengangabazi uMandisa ukuthi wayezophinde ashaye futhi umlisa wansondo. Konke lokhu kwakumcacisela ngokusobala ukuthi impilo yakhe yayisizophinde ibuyele phansi enhluphekweni. Yingakho nje azithola eseshaya ucingo elushayela lo ayemthatha njengomuntu okunguyena yedwa oqonda isimo sakhe kulo mhlaba, umuntu owayengamehluleli ngalutho, engamhluphi ngalutho, umuntu omkhathalelayo, omthandayo. Lowo phela nguPhakamani.

"Ngiyacela bandla Phakamani ukuthi sihlangane kwami. Kuyaphuthuma, angeke sikwazi ukuxoxa la ocingweni. Selokhu ngihlale lapha ngenkathi ngisuka emsebenzini," kusho uMandisa ocingweni.

UPhakamani akazange apholise maseko kwazise wayesethuswa nawukuthi uMandisa uzwakala sengathi uyakhala. Nebala akuphelanga mizuzu emingaki wabe esefikile, ethola isithandwa sakhe sibibitheka, engazi naye ukuthi uzoqala ngaphi ukuze sikwazi ukumlandisa ngokwenzakalayo. Nokho wazama ukusisingatha kwaze kwaba ukuthi siyawehlisa umoya samchazela ukusuka nokuhlala kodaba.

Impela kwabe kungesilona udaba oluncane lolu olwabe selukhungethe uMandisa. Kwamcacela naye uPhakamani ukuthi kumele enze amaqhinga njengendoda, amaqhinga ayezosiza uMandisa kule nkanankana yodaba ayesebhekene nalo muva nje. Phela uPhakamani lona wabe ewazi umthetho ikakhulukazi umthetho wezingane ezahlukene ngobulili ezizalwa yindoda eyodwa. Wayewazi kahle futhi amandla anikezwa umntwana wesilisa ezintweni zikayise uma kuqhathaniswa nowesifazane.

"Pho nigcine niphetha ngokuthini naye?" Kubuza uPhakamani.

140

"Ngicabanga ukuthi uphelelwe yi-*airtime* ocingweni lwakhe. Uvele wanqamuka. Nami-ke angizange ngibuyele kuye ngoba bese ngiqala ukudinwa," kusho uMandisa.

"Angeke kukusize ukudinwa Mandisa. Into okumele uyenze manje ukuthi ubhekane nale nto ngokushesha. Ukhumbule ukuthi yigazi lakho leli esikhuluma ngalo. Kanti futhi-ke angeke umbalekele. Uma ngempela engowakini, umthetho umgunyaza kokuningi. Musa-ke ukucasha ngesithupha. Kuzomele nizame ukuhlangana ukuze uthole ubufakazi bokuthi ngempela ungumfowenu," kuqhuba uPhakamani.

"Asikho isidingo sokuthola ubufakazi obugcwele Phakamani. Ngiyakhumbula ubaba esitshela ngaye. Naye futhi nangenkathi esho igama lakhe ngivele ngakhumbula," kusho uMandisa.

"Uyabona-ke ukuthi ayikho into ozoyenza?" UPhakamani ebuza engadingi mpendulo.

"Anginankinga nakho konke okunye ngoba vele ngiyalazi iqiniso ngaye. Inkinga enginayo eyokuthi ngizomenzenjani ngoba phela ukuveze ngokusobala ukuthi usefuna ukubuya ekhaya. Nami angizange ngimtshele ukuthi umuzi sengawudayisa kudala," uMandisa eqala phansi ebihlika. Wazama bandla uPhakamani ukumthulisa ephinda emeluleka ngamazwi athile.

"Mandisa, lalela. Lo muntu noma ngabe nakhula nihlala ndawonye, bekuzohamba kuhambe isikhathi kudingeke ukuthi wena umshiye nekhaya uhambe uyokwakha umuzi wakho nowesilisa owawuzomthanda. Asikho isimanga ngokuthi wena umuzi sewawudayisa. Kwaba yisinqumo sakho nami engingazange ngisibukele phansi ngoba wakubalula ukuthi kwabe sekufana nokuthi izindonga zawo zihlobisile nje ngoba akekho owayehlala kuwo. Yebo, ngiyavuma ukuthi ukuzahlulela kuyinto yanoma ubani, kodwa ithi uma uzehlulela ungabe usuzilahla ngecala lalokhu owakwenza. Engifuna ukukusho mina wukuthi mnike lo muzi usibali..." wayesaqhubeka nokukhuluma uPhakamani ngenkathi uMandisa emenqaka.

"Usho muphi umuzi Phakamani?"

"Lalela. Ngiyazi ukuthi kuzoba buhlungu kangakanani ukwenza le nto engithi yenze, kodwa ngizama indlela engcono ezokususa ekukhulumeni, ikuqhelelanise nenzondo. Kuzomele uthambise inhliziyo umchazele ukuthi umuzi wakini sewaba kwaMhlabuyalingana. Kuzoba kuye-ke ukuzikhethela ukuthi uyavuma noma cha. Kodwa wena uzobe ungasahlangene nesinqumo sakhe. Ezakho izandla zizobe zimhlophe," kuqhuba uPhakamani. Wake wathula uMandisa isikhathi eside etshisa le nkulumo kaPhakamani.

"Kodwa bese nginethemba lokuthi nginomuzi engizakhele wona nje! Kungani kanti konke lokhu kwenzeka kimi?" UMandisa edazuluka futhi.

"Ayikho enye indlela esingenza ngayo s'thandwa sami."

"Awu, Phakamani! Mina kuzodingeka ukuthi ngibuyele emqashweni futhi? Angeke phela ngikumele mina ukuhlala nomuntu onesikwati sabantwana abayisithupha bonke! Nokwenza engasebenzi! *Never!*" UMandisa eshaya phansi ngonyawo.

143

"Ungakhathazeki ngendawo ozohlala kuyo s'thandwa. Njengamanje ngisemalungiselweni okuthi ube ngumakoti wami ngokugcwele. Kungcono-ke futhi ngoba usekhona nomuntu engizokhokha kuye amalobolo. Mhlawumbe naye angakuthokozela ukuqala impilo entsha endaweni yasemakhaya abe ngumnumzane njengabo bonke," kusho uPhakamani emamatheka.

"Uqonde ukuthini uma uthi usemalungiselweni okuthi ngibe umakoti wakho?" kubuza uMandisa.

"Mandisa, ngizozama ngawo wonke amandla ukuthi wena ugcinele emagcekeni akithi. UMaZwane ngizohlala naye phansi ngimchazele ngesinqumo esengisithathile."

## 12. Sengisithathile Isinqumo

Wayephinde walushaya futhi ucingo uMbekezeli.

"Uxolo dadewethu, ngisuke ngaphelelwa amasenti ocingweni lwami kanti besingakaqedi ukukhuluma," kusho uMbekezeli.

"Ayi ayikho inkinga bhuti," uMandisa ecijisa indlebe.

"Manje dadewethu bengisachaza la indaba yokuthi kuzomele sibonane ukuze nami ngazi ukuthi ubaba wakushiya nani."

"Ima kancane-ke bhuti! Kunento engiyiqaphelayo lapha kuwe. Ake ungichazele, kahle kahle uzofuna izinto zikababa noma ubuyela ekhaya ngoba ungenayo indawo?" UMandisa eseqala ukunengeka ngale nto elokhu igcizelelwa uMbekezeli.

"Awu, uxolo kuleyo ndawo dadewethu. Empeleni nje izinto zihlangahlangene lapha ekhanda lami. Ungixolele kakhulu kwesinye isikhathi ngike ngizithole sengikhulumile nami ngingazizwa ukuthi ngithini," uMbekezeli ehlisa izwi.

Ingxoxo yabo yaqhubeka kwaze kwaba ukuthi kunqaba wona amasenti ocingweni. Okwakuqapheleka ukuthi lawo masenti ayemlamulela uMandisa kulesi sidina esiwumfowabo. Bheka ngoba wayengazihluphi nje ngokuthi alubuyisele emuva ucingo ngisho ezwile ukuthi inkulumo yabo inqamuke phakathi. Nokho kulokhu lwalunqamuke sebekudingidile okuningi. UMandisa wayecele ukuthi uMbekezeli ndini lowo athi uma efika kube ukuthi uza nabo bonke ubufakazi obumveza njengendodana kababa uDlamini. Phela wayengeke azi uma esezoqolwa. Ngakho-ke kwakuzoba yisu elingcono impela ukuthi kube nobufakazi obuqanda ikhanda. Ekuzwa lokho uMbekezeli wavele wazibonela nje ukuthi uMandisa lona uwumuntu ofundile ongazithatheli phezulu izinto. Wayethembisile-ke nokho ukuthi uzozama ukubuveza ubufakazi, esho nokuthi wayezosho uma kuwukuthi usesithathile isinqumo sokugibela eze KwaZulu Natali yena kanye nomndeni wakhe.

Ngapha uPhakamani wabe engalele. Wayelokhu eqwashe njalo, edla amathambo engqondo. Kwaze kwasa ekuseni engalele. Babeqeda ukubingelelana kwasekuseni nje nomkakhe ngenkathi eveza ukukhathazeka kwakhe ngento ethize ayichaza njengento emhlupha kakhulu ngalezo zinsuku.

"Hawu baba kaSenamile, kwenzenjani? Wenze icala yini emsebenzini?" Kubuza uMaZwane ebuya ezohlala embhedeni elinganisana nomyeni wakhe owayehlezi onqenqemeni lombhede egobodisile.

"Akunjalo Mang…" uPhakamani ebindeka.

Wazinika isineke uMaZwane ezama ukunika uPhakamani ithuba lokuthi achaze lolu daba naye ayeseqala ukulwesaba yize nje wayengakaluzwa. Nebala waze wagcina wabhoboka uPhakamani. Walwendlala lonke udaba njengoba lunjalo. Wayezitshela ukuthi hleze kwabe sekuwukugcina kwakhe ukubona uMaZwane kwazise phela akekho umuntu wesifazane oshadile ongamela le nto eyabe ishiwo uPhakamani.

"Hawu Phakamani! Yini ekwenze ukuthi uthathe leso sinqumo? Ngabe mina njengomkakho angikwenelisi yini?" Kubuza uMaZwane. Wankwankaza uPhakamani. Akazange-ke afune ukwanda ngomlomo uMaZwane.

Wasukuma waphuma ekameleni waya ekhishini. Wafika wahlala phansi, waya kuMdali ngomkhuleko. Umkhuleko wakhe akazange awuqede ngenxa yokwenganywa yisibibithwane. Kodwa washeshe wabona ukuthi yikho lokhu kukhala kwakhe kanye nokulunga okumenza ahlukumezeke kangaka. Alwa amadimoni kuye. Kwabe kubambene idimoni leli elifuna ukuchitha umshado wakhe kanye nedimoni elabe selimqede inhliziyo yakhe enhle. Wabona kukuhle ukuthi aze nesisombululo salolu daba kungaze konakale. Nebala wajula njengenjwayelo. Esacabanga kanjalo wabona kungcono ukuthi alubikele unina lolu daba. Waqala ngokumshayela ucingo efuna ukuqinisekisa ukuthi ngabe ukhona yini ekhaya.

"Hawu! Pho kwasengathi ubukhala ntombi? Uphi umkhwenyana? Zihamba kahle nje kodwa izinto lapho Senzi?" Kubuza umama kaMaZwane eqaphela ukugedlezela kwezwi lendodakazi yakhe ocingweni.

"Ukhona mama. Empeleni nje nguye isisusa sale nto engifuna ungibonise kuyona. Kulungile-ke mama ngizofika. Angivalelise okwamanje angaze angibhadame ngisasocingweni, ngikhuluma nje ngicashile," kusho uMaZwane, kulandela umsindo wokuvaleka kocingo ebuyela ekamelweni, efika ethola uPhakamani esahlezi la abemshiye khona.

"Ngisafuna ukuyobheka umama. Kukhona athe ufuna sixoxisane ngakho, ngizobuya," uMaZwane ebhekise kuPhakamani.

"Hawu Mangethe, mina bengingakuxoshi s'thandwa sami…"

"Ngithe ngizobuya! Nami angizange ngisho ukuthi uyangixosha, futhi-ke awunalo igunya lokwenza lokho ungakhohlwa!" Kusho uMaZwane ephakamisa izwi. Kwakungokokuqala uMaZwane ephakamisela umyeni wakhe izwi futhi angazisoli ngakho. Akazange alinde ngisho ukuthi uPhakamani abe nezwi alishoyo. Nguye lowaya ethatha ingane yakhe eyogeza nayo isikanye, babuya masinyane, wagqoka maqede wayigqokisa nayo baphuma. Wasala kanjalo uMvelase emangazwe ukuthi ngabe iyona mpilo ayesezoyiphila lena lapha emzini wakhe ukusuka ngaleso sikhathi kuya phambili.

Wayezibuza eziphendula ukuthi kazi kuzogcina kunjani uma ngempela ezogcina emthathile uMandisa.

Yebo, walubona lulude uhambo okwakusamele aluhambe ukuze ngempela izinto zizokwenzeka ngentando yakhe. Kodwa omunye wayezothi izinto zoniwe nguye uMvelase ngokuvula inhliziyo evele inomuntu phakathi aphinde angenise omunye. Phela kuye kuthiwe inhliziyo lena yadalelwa ukuthanda umuntu oyedwa, uma-ke sebengaphezu koyedwa kusuke sekukhona ompintshisiwe noma ofakwe ngembobo yenalithi. Wayesale wathatha ucingo lwakhe waluthumela kuMandisa.

"Kunjani mntakwethu?"

"Ngiyaphila okungatheni Phakamani," uMandisa ebalisa ngodaba lukaMbekezeli owayephinde wafona.

"Hhayi njengoba ngishilo nje s'thandwa sami ukuthi wehlise umoya, ayikho into ozoyenza," kuqhuba uPhakamani.

"Ngiyakuzwa. Pho wangaba yilo Phakamani engimjwayele kwenzenjani?" Kubuza uMandisa eqaphela ukuba phansi komoya wesithandwa sakhe.

150

"Eyi...Mandisa... ngigcine ngimtshelile uMaZwane ngesimo sethu," kusho uPhakamani ngalena.

"Uyabona-ke ukuthi sengiyakwazi ngempela uma ungaphathekile kahle? Uthini-ke umama omdala?" UMandisa ebhuqa.

"Akukho okuningi akushilo. Empeleni iyona le nto engenza ngikhathazeke ngoba angimazi ukuthi ucabangani. Bengithi mhlawumbe uzophumela obala azwakalise uvo lwakhe ngale nto. Kodwa nje uvele wangibuza imibuzo embalwa. Okwamanje nje usaphumile. Uthe uyobheka unina. Angazi-ke noma ubengikhohlisa uma ethi uzobuya," uPhakamani ezwakala nje ukuthi ukhathazekile.

"Ngiyaxolisa bandla Phakamani. Ngiyazi ukuthi kunjena nje kungenxa yami. Ngiyazi ukuthi konke okwenzayo ukwenzela mina. Asethembe ukuthi angeke ngikumoshele umshado wakho," kusho uMandisa.

"Asikho isidingo sokuthi uxolise Mandisa. Yimina nje umuntu okumele athathe izinqumo njengendoda, nokuthi-ke kumele ngizame ukukuvikela ngayo yonke indlela."

"Ukungivikela? Ukhuluma ngani manje?" UMandisa ebuza.

"Kungenzeka noma yini kuwe Mandisa. Sengikubone kaningi lokho, abantu besifazane bebulawa ngenxa yokuthanda indoda eshadile," kuqhuba uPhakamani.

"Wangethusa-ke manje s'thandwa. Kanti wena umtshele nokuthi ngihlala kuphi yini?" UMandisa ebuza emangele.

"Ayi, khululeka. Ngethembe uma ngithi ngizokuvikela. Angizange ngimtshele nokuthi lo muntu engikhuluma ngaye ukhona la eMseleni. Naye-ke akazange azihluphe ngokubuza. Ngiyabona ubesedinwe kakhulu," kusho uPhakamani ethembisa uMandisa ukuthi uzoma naye kuze kube sekugcineni. Bayiqhuba njalo inkulumo yabo baze bayiphetha, bethembisana ukude bethintana uma kukhona okuhlalukayo ekuhambeni kosuku.

UMaZwane wayefike esevele emlindile unina. Wayesejahe ukuzwa ukuthi yini futhi manje lena eyabe isikhathaze umntanakhe ngalolu hlobo. Udlalisa umzukulu wakhe nje umama kaMaZwane usemagange ukuthi bangene endlini ukuze ezwe ukuthi konakelephi.

152

"Asingene endlini ntombi. Nomoya awumuhle kahle lapha phandle," umama kaMaZwane engena kuqala egone umzukulu wakhe elokhu emdlalisa kancane. "Mvelase... uMvelase kagogo nzena..." angene noMaZwane ahlale kusofa ongenhla.

"Kwenzenjani Senzi mntanami? Khuluma, ukwenzeni umkhwenyana?"

Adazuluke uMaZwane.

"Ngangikade ngishilo mama ngathi kuphakathi kokuthi uqonyiwe noma usemdibi munye nalezi zelelesi eziphuca abantu izimoto zabo!"

"Ngiphuthume mntanami!"

"Uqonyiwe mama... uqonyiwe. Into engicika kunazo zonke yilena yokuthi uthi ufuna leyo ntombi ibe wumfazi wakhe wesibili!" UMaZwane ebibitheka.

"Mameshane! Kwakwehlela mntanami," kusho uMaMchunu esukuma eza kulo sofa okuhlezi kuwo indodakazi yakhe efika emnakashela ezama ukumthulisa.

"Kwenziwanjani uma sekunjena mama?" UMaZwane esula izinyembezi, nonina emelekelela ngephinifa.

"Lalela mntanami. Asisekho manje isikhathi sokuciphiza izinyembezi. Kufuna sibhekane nale nto. Angeke phela ufelwe umuzi kanjalo nje!" UMaMchunu efunga. Athule uMaZwane alalele.

"Ngiwumama othandazayo impela ngane yami futhi ngiyamethemba uNkulunkulu kodwa umthandazo angeke uphendule kulesi simo sakho. Indaba yokuqonywa kwendoda idinga ukuthi uvule amehlo mntanami. Kuzoba kuhle uma kuwukuthi leyo ntombazane ayikamdlisi. Kukhona omunye umama engizokhuluma naye namhlanje ntambama. Nginesiqiniseko sokuthi uzokusiza kule nto," kusho uMaMchunu eqinisa idolo umntanakhe owayedukuza ebumnyameni engazi ukuthi lo mthwalo ayewuthwele angawethulwa ubani njengoba wayewuthweswe yithemba lakhe nokuyilo elabe lifungile langa limbe ukuthi lizoba naye ebuhleni nasebubini. Yebo, yilona-ke elabe lidonse ububi labuletha egcekeni.

Yize wayengakaze acabange indaba yomuthi wesintu uMaZwane ukuze alungise izinto emzini wakhe kodwa kulokhu kwabe kumphoqa. Yebo, kwakufanele alwe naleli dimoni elabe linyonyobela umshado wakhe. Okubi nje ukuthi wayezolwisana nalo elwa ngelinye idimoni.

## 13. Impi Yamadimoni

Yize kwaqala kwaba umzukuzuku ukulala kuMaZwane ngenxa yemicabango eyabe iphambana ekhanda lakhe kodwa wagcina elele. Kwaba amahora amabili elele. Kungaleso sikhathi-ke uPhakamani athola khona ithuba lokuthi ashayele uMandisa wakhe emazisa ngobumuncu besimo salapha ekhaya esasibonakala sisazokwenyuka nokuba muncu. Alikho-ke icebo laba bobabili abacebisana ngalo ngoba kwabe kungekho lula. Zonke izindlela zabo kwakumele zidlule kuMaZwane. Pho-ke lokho kwakuzokwenzeka kanjani? Kwabe sekukhona nokuzisola kuPhakamani ngokusheshe aveze le nto. Ngokwakhe yena wayezitshela ukuthi uzama ukwenza izinto ngendlela ehlelekile nezoba lula kanti akazi ukuthi useyazikhunga uqobo. Wayethi hleze iqiniso kube yilona elizomkhulula kanti akabuzanga elangeni.

"Hawu usuze wavuka s'thandwa?" UPhakamani ebhekise kuMaZwane. Akazange aphendule uMaZwane. Kunalokho nje wavele wamuthi klulu ngeso maqede waphuma ezihudula ebheke ekhishini. Wayesanda kungena nje ekhishini ngenkathi eqaphela ukuthi uPhakamani kanti uyamlandela.

"Mangethe s'thandwa sami, iyona mpilo esesizoyiphila lena? Kuyoze kube yinini siphila kanjena?"

"Hawu… uyabuza? Ithi-ke ngikuphendule bhuti uMvelase," uMaZwane egoqa izandla ezibeka esifubeni ebuka uPhakamani ebunzini. "Kuzoba njena kuze kufike umnakwethu. Ngaleso sikhathi-ke mina ngizobe sengiphuma ngaleliya sango ngikushiya naye ukuze kungeke kuqhubeke kube nje. Uyitholile-ke impendulo?" Kusho uMaZwane ngokufutheka. Wayengakaze ambone uPhakamani ekulesi simo uMaZwane nangelilodwa ilanga. Wabona kungcono ukuthi angaqhubeki nokukhuluma naye ngoba kwakuzobe kufana nokuthi uthela uphethiloli elangabini lomlilo. Waphuma wamshiya ekhishini egqolozele umakhalekhukhwini wakhe.

"Yebo mama. Bengithi ungabe usazihlupha ngale nto esixoxe ngayo emini. Mina mama sengisithathile isinqumo futhi nje ngibona singilungele kunokuba

157

ngihlukumezeke kangaka," kusho uMaZwane ocingweni ayeseluthumele kunina.

"Hawu Senzi! Uyisho kanjani leyo nto sengibuya khona kuNontombi?" UMaMchunu ezwakala edangele ngalena. Aqhube athi, "Yisiphi lesi sinqumo okhuluma ngaso? Ufuna ukungitshela ukuthi uzovumela le ntombazane ukuthi ize izohlala lapho? Hhe?"

"Cha, akunjalo mama. Mina ngibona kungcono ukuthi ngibadedele ngoba vele bayathandana futhi angeke ngize ngibahlukanise. Ngizobuya mina ngizohlala ekhaya ngikhohlwe iyona yonke le nto," uMaZwane ephelezela lawo mazwi ngesibibithwane. Wakhuza wababaza unina.

"Mameshane! Uyazizwa ukuthi uthini wena? Senzi, wena waphuma lapha ekhaya ngebhokisi, wathelwa nangenyongo kwathiwa hamba kahle usuyofela emendweni! Lokho-ke akukashintshi namanje. Wena usungowalapho kwaMthembu usuyoze ufele khona. Yebo, asikuxoshanga lapha ekhaya kodwa asisenayo indawo yakho ngoba usungumfazi womuntu. Nokukugcina nje lapha ekhaya singabe sizidonsela amanzi ngomsele. Umkhwenyana angathatha noma yisiphi isinqumo ukuze asijezise ngokuthatha umfazi wakhe simgcine ngakithina," kusho uMaMchunu uzizwela nje ukuthi akayizwa le nto yendodakazi yakhe.

"Manje mama…?"

"Yeyi wena! Manje mama ini? Angithi ngikutshelile emini ukuthi ngizoya kuNontombi ukuze ulungise lo mkhwenyana wakho oxegelwa yibhulukwe. Sengibuya khona-ke!"

"Utheni… utheni uNontombi mama?" UMaZwane esula izinyembezi.

"UNontombi uthe iwubala kabi le nto yakho, uthe uzoyishaya kube kanye ingaphinde yenzeke. Into okumele uyenze nje wena wukuthi uphuthume kuye. Uthe angeke akwazi ukuyalela mina yonke imicikilisho. Umuntu okufanele amyalele le micikilisho nguwe njengomnikazi wodaba. Kukuwe-ke Senzi ukuthi uyavuma ukuthi le ndoda yakho ikwelamise noma uvuka kusasa uya kuNontombi!"

"Kulungile mama. Ngizovuka nginikele kuye kusasa ekuseni. Kambe uNontombi usakhe kuphi umuzi wakhe?" UMaZwane ebuza.

"Angithi uyabona laphaya kwababa uNdelu lo osiza abantwana abanebala nenyoni? Udlula khona kancane-ke ubambe indledlana yesiZulu eyehlela emfuleni. Uzowubona nje umuzi wokuqala uma uqeda ukuwela umfula. Yilapho-ke kwaNontombi," kwakunguMaMchunu lowo eqinisekisa ukuthi uyiyalela kahle indlela indodakazi yakhe. Wayesezoshaya ucingo-ke alubhekise kuNontombi amazise ngendodakazi yakhe eyayizofika ngakusasa ukuze ayilindele, angavuki athathe izindlela zakhe. Yebo, ingani kwakumele aphuthumise lesi simo somshado wengane yabantu owabe usudunguzela.

Ekuseni uPhakamani akazange asole lutho mayelana nohambo olwaluzothathwa nguMaZwane. Akuqaphela nje kwaba ukusanguluka kwesimo phakathi kwabo. Bheka ngoba base bekwazi nokuxoxa. Phela wayekungabaza uPhakamani ukuthi emuva kwayo yonke le nto eyenzekile uMaZwane angavuka amlungisele

160

njengoba wayeya emsebenzini. Yize nje isimo sasingakabuyeli kwesejwayelekile kodwa kwabe kungasafani nayizolo. Wavalelisa-ke uPhakamani esephuthuma emsebenzini. Mhlawumbe wayezoke apholise nekhanda abone umuntu owayengeke aphinde amqulise amacala, umuntu ohlezi ezihlekela, umuntu amthandayo naye omthandayo. Umuntu owamukela noqonda isimo sakhe kangcono kunabanye abantu.

Nokho wayengazi uPhakamani ukuthi ukusanguluka kukaMaZwane kwakungesikho okwempela. Ngaphakathi inhliziyo yakhe yabe igaya izibozi. Ingani kaningi kuyavela ukuthi uma umuntu ephezu kwamacebo athile ngawe uwaveza wonke amazinyo aze aveze nelomhlathi imbala kanti uthi lala lulaza ngizokwengula. Wayesanda kuphuma nje uPhakamani ngenkathi uMaZwane naye ephuma ehambisa ingane enkulisa wase ephuthuma kwaNontombi. Nebala wamfica ekhona.

"Ubeshilo uMaMchunu ukuthi uzofika. Kodwa akasishongo isikhathi," kusho uNontombi ebhekise kuMaZwane ngenkathi bedungulisana.

"Yebo mama. Yize nje sengike ngathi ukubambeka kancane. Ngisuke ngadlula ngashiya umntwana enkulisa. Bake bathi ukungibambezela-ke ngokuthile," kusho uMaZwane ekhophoza.

"Ayi, kanti ayikho inkinga ngane yami. Vele ayikho indlela ebengizoyithatha namhlanje." Kuthi ukuthuleka kancane. Kuze kuthathele uMaZwane.

"Ngiyethemba umama ubeseluzwile udaba okuyilona olungihlalise lubhojozi."

"Impela ngiluzwile mntanami. Hhawu kanti khululeka-ke! Njengoba usufike la kimi nje zizolunga izinto zakho. Luncane udaba lwakho uma ngiluqhathanisa nesengike ngakuxazulula ngaphambilini. Isho-ke ntombi, uqale nini ukwenza le mikhuba yakhe umkhwenyana?"

"Noma ngingenaso isiqiniseko salokho mama, kodwa ngingasho nje ukuthi kuyasho indala le nto yabo ngoba sekuhambe kwahamba waze wayiphimisela kimi," uMaZwane echaza.

"Cha, hhayi kulungile ngizokusiza. Kodwa into engifuna uyazi yilena yokuthi angisiyena umthakathi. Ngikusho

162

lokhu ngoba sengike ngabhekana nabantu abaningi abangithatha ngenye indlela. Le nto isingenze ngaze ngacabanga ukuwuyeka lo msebenzi ngoba ungahle ungidalele amazinyo abushelelezi emphakathini. Inkinga iba kinina futhi bantu abasha, nisuke nihlulwe ukucasuka uma ngabe amadoda enu ephumele ngaphandle. Bese nifuna ukuthi kuphume isidumbu. Angisikhiphi-ke mina isidumbu mntanami. Lezi ezami izandla zihlanzekile," uNontombi esho ephakamisa izandla zakhe.

"Kuyezwakala mama," kunanela uMaZwane.

"Kungcono uma ungizwa. Angifuni-ke ukuthi ngithi mdlise umkhwenyana ngoba kungenzeka ukuthi le ntombazane seyimhambele phambili. Sizomzama ngenye indlela engiyethemba ukuzedlula zonke. Nakanjani lena izomnqoba," kusho uNontombi eqhubeka eyalela uMaZwane ngokwakufanele akwenze ukusuka ngaleso sikhathi kuya phambili ephinda emnikeza namakhathakhatha ayezophelezela imiyalelo ayemyalele yona. Akazange afune ukuthinta eyenkokhelo kuze kube ukuthi bayamnqoba uGoliyathi ababebhekene naye.

163

Yebo, uMaZwane wayeyithathe yonke imiyalelo kaNontombi futhi wayethemba ukuthi iyona eyabe isizomlamulela ukuze kuphele unyaka kunokuthula emzini wakhe. Akwaziwa mbhantshi kujiya-ke ngokwakuzokwenzeka ngokuhamba kwesikhathi. Ingani omunye wayezothi lo mshado owabe usuyoqiniswa ngomuthi wawukade ucelwe kuNkulunkulu ngaphambilini. Wayezobuza futhi ukuthi kungani abaniniyo bengazange babuyele kuye uNkulunkulu beyombikela ukuthi nakhu konakala? Umbuzo omkhulu futhi uthi kazi yena wayezoyixazulula yini le nkinga engaka. Pho uma wayezoyixazulula kungani wavumela ukuthi kungene leli dimoni kulo mshado? Yilo lolu ngabazane olugcina lwenze abantu ukuthi bathi uNkulunkulu usiza ozisizayo.

## 14. Sesifikile Isikhathi

"Ithi ngibone nami ukuthi sebebangaki manje," uNdondo esondela kuMqemane owayehlezi ebhekene ne-*computer*. Akhuze ababaze uNdondo. Empeleni naye samethusa isibalo sabafundi ababebhalise ngosuku lokuqala baze bayofinyelela emakhulwini amabili. Wayengazitsheli ukuthi banganda kangaka abafundi zisuka nje amadaka.

"Okunye engikuqaphelile ukusebenza ngokuzikhandla kwethimba lethu leli elisiza ngokubhalisa abafundi. Yeyi bayasebenza laba bantu. Uyazi ngike ngama emini namhlanje ngibheka indlela abasebenza ngayo. Uyazi mfowethu basebenza ngokubambisana futhi bayezwana," kuqhuba uMqemane.

"Uyabona-ke Mqemane thina esafunda i-*Business Management* siyazi ukuthi uma abasebenzi besebenza ngokuzikhandla kuye kudingeke ukuthi ubakhuthaze ngokubaholela kangcono. Noma ungabathi chatha nje ngento engatheni emholweni wabo hhawu umshubo, uzowubona umsebenzi ozohamba lapho," kusho uNdondo egegetheka.

"Awuzwe lesi sifundiswa! Cha, khona uqinisile mnewethu, kuzomele sibaholele ngendlela efanele," uMqemane evumelana noNdondo. Eqhuba ethi "Kanti futhi ukhumbule ukuthi kuzomele siqashe amalunga omphakathi ikakhulu labo okuyibona abazosibhekela ukuhlanzeka kwendawo yethu yokusebenza. Sawethembisa phela umphakathi phambi kwenduna ukuthi sizowuqasha. Kuzomele sisigcine-ke leso sethembiso ukuze sizozakhela ugazi emphakathini."

Kungaleso sikhathi uNdondo akhumbula ngaso insizwa ethile ayehlangane nayo esitolo ngenkathi esanda kufika kule ndawo yaseMseleni. Waqale waba nenkinga ngokukhumbula igama laleya nsizwa yezingovolo eyamcela ubhiya iqala nje nokumbona. Yize engazange ayitshele ukuthi uzoyiqasha uma ngabe izinto zilunga kodwa wamane wazizwa enecala ayezolesula ngokufeza leso sethembiso esasisuke kuyena ngaphakathi. Yena wayazi ukuthi uma engaya esitolo wayengafike ayibone ngoba yayithe ihlezi izihlalele khona. Inkinga enkulu manje kwakuzoba wukuthi uma engasayitholi-ke, wayezobuza kubani ngoba wayeselikhohliwe igama layo?

166

Nokho wagcina ekhumbulile ukuthi insizwa yayizichaze ngelikaMagoda. Ingani nasekhanda yayikade iluke amagoda. Kwabe sekuzoba lula-ke kuye ukuthi afike abuze noma kungathiwa wayengeke ayifice esitolo. Awu, bakithi! Insizwa egcwele amancoko madoda. Wayethi angayicabanga le nsizwa uNdondo avele ahleke yedwa. Okwakumthokozisa nje ukuthi wayezoba yisizathu sokushintsha kwempilo yayo. Angithi ngelanga ababonana ngalo yasuke yamthinta enhliziyweni ngenkathi ichaza ukuthi yona seyaze yakwamukela ukuphila ngokukhangeza. Yamthinta kakhulu nalapho ichaza ukuthi isimo sempilo yayo sabe singeke sisashintsha kuze kube ukuthi yendela kweliphakade. Yayingazi ukuthi ngokusho kwayo lawo mazwi eyabe ijwayele ukuwasho kunoma ubani, yayibhala futhi ithumela isicelo somsebenzi. Yebo, nalapho okungakhali khona iqhude kuyasa.

Zaziya ngokwanda izibalo zabantu ababebhalisela ukufunda. Bheka ngoba iviki lokuqala laphela isibalo sesize safinyelela emakhulwini ayisikhombisa. Lokhu-ke kwakuchaza ukuthi alisekho ijika, yebo kwabe sekumele kube nenqubekela phambili. Nebala kwaba njalo. Abaphathi bekolishi babexhumana nalabo ababebhalisele ukufunda, bexhumana nabo ngezingcingo bebamukela esikhungweni sabo ababesichaza ngesikhungo esabe sizoletha ushintsho empilweni yabo. Imiqhafazo eyayithunyelwa kubafundi yayiphinde ibazise ukuthi lwabe luzoqala nini uhlelo lokufunda, ibazisa futhi ngenqubomgomo yesikhungo.

Nemali eyabe ikhokhiwe yayenele ukuthi kukhokhelwe izinsiza kusebenza kuphinde kukhokhelwe ngayo labo ababezohola uhlelo lokufunda nokufundisa. Angithi abaphathi besikhungo lesi babexolisile ngokuthi njengoba besengomakoti nje kule ndima babengeke bakwazi ukwamukela yinoma yiluphi uxhaso lwabafundi ikakhulu oluvela kuhulumeni ngenxa yezivumelwano ezabe zingakasayindwa. Nomphakathi awuzange uthuke uma kushiwo kanjalo ngoba wawazi ukuthi uma izinto zisezintsha kuyenzeka zisalele emuva noma zingahambi ngendlela eyejwayelekile. Yingakho nje umuntu emunye ayebhalisa ngezinkulungwane ezimbili zamarandi.

Njengokwesethembiso sabo oMqemane abasethembisa umphakathi, babuyela enduneni yesigodi beyoyazisa ukuthi konke kwase kumi ngomumo. Yebo, besho nokusho ukuthi umsebenzi wabe usungaqala noma nini. Into okuyiyona eyabe isibabambile kwabe kuyile yokuthi babengakaqashi muntu oyilungu lomphakathi. Nebala induna yakhipha igama lasabalala emphakathini, ihlaba umkhosi ngomhlangano owawuzobanjelwa endaweni abejwayele ukuhlanganela kuyo. Yebo, yabe ilihlabe lezwakala ikhwela. Bheka ngoba usuku lomhlangano kwaba sengathi lwaluvele lulindiwe. Umphakathi wawuphume ngobuningi bawo.

Umhlangano waqala ngenkulumo eyabe ikhumbuza abantu ngokufanele bakwenze uma sebeqashiwe.

"Yize sisazobonana eceleni nalabo abazobe sebeqashiwe kodwa ngithi angikusho lokhu phambi komphakathi. Uma kukhona odonsa izinyawo ngomsebenzi sizophoqeleka ukuthi simsuse bese sivala isikhala sakhe ngomunye. Baningi kabi abantu abafuna umsebenzi ngakho-ke asilindele abantu abazohudula izinyawo," kusho uNdondo owayemi phambili ehholo. Bavumelane naye abantu beshaya izandla.

"Siyazi-ke ukuthi njengoba silapha namhlanje ngobuningi bethu sonke siyawufuna lo msebenzi. Ngithi anginazise-ke ukuthi sizothatha abangamashumi ayisihlanu okwamanje, nabo bazongena ngokushiyana emsebenzini, okusho ukuthi sizobehlukanisa phakathi. Sizophinde sibuye futhi sizothatha abanye uma kuwukuthi siyabadinga," uNdondo egoqa ebuyisela kubaphathi bendawo nokuyibona ababezolawula uhlelo lokuqasha. Kwaqale kwaba khona ukushayisana kwemibono mayelana nendlela eyabe izosetshenziswa ukuqasha. Abanye babethi akubhalwe amaphepha ahlukaniswe amanye abhalwe u "Yes" amanye u "No" bese eyagoqwa, acoshwe. Owayezobe ethole elibhalwe u "Yes" kwakuzobe kuchaza ukuthi uwutholile umsebenzi. Abantu-ke abayi nganxanye bengemanzi. Abanye babethi la mathuba awanikwe labo abaziwayo emphakathini ukuthi abathathi entweni.

Yize lona kwabe kuwumbono ozwakala uphusile kodwa waphinde wachithwa ngenkathi kusukuma uMnumzane

170

uNgubane oyisakhamuzi ethi, "Kuyezwakala ukuthi nicabangela labo abadla imbuya ngothi, kodwa-ke iqiniso lithi labo bantu bangaphezu kwesibalo esidingekayo namhlanje. Manje-ke aniboni yini ukuthi uma nikhetha abanye nishiya abanye ngaphandle lokho kungahle kuqubule inzondo emphakathini? Mina bengibona lulungile lona lolu hlelo lwamaphepha ngoba umuntu uzoneliseka uma engalicoshanga okuyilona lona ukuthi ube nebhadi, kepha angeke asole muntu." Wayesehlezi phansi uMbomvu ngenkathi kusakhala ihlombe abantu bethakasela umbono wakhe.

Nebala ihholo lonke lavumelana noNgubane. Kwaqhutshekwa nohlelo lokuqasha ngamaphepha. Yize bonke abantu babeluthakasela lolu hlelo kodwa uNdondo akazange aluthakasele. Angithi lolu hlelo lwalungahle luvalele uMagoda ithuba lomsebenzi. Futhi nje wayengakamboni lapha ehholo selokhu befikile. Kuqhubeka uhlelo lokuqasha nje uNdondo akeneme. Waze waqala ukuswanguluka ngenkathi sekumenyezwa amagama abantu okuyibona ababe nenhlanhla yokucosha amaphepha okuyiwona wona. Lalikhona negama

171

likaMagoda. Into eyayenze uNdondo ukuthi angamboni umngani wakhe ukuthi imakwabo yabe iphucile ekhanda kanti ngenkathi bebonana okokuqala esitolo yabe inamagoda. Wathokoza kakhulu uNdondo ukuthi isifiso sakhe sabe sifezekile njengoba wayezitshela ukuthi angeke izinto zisenzeka ngendlela ayefisa ngayo.

Ngokuhamba kwezinsuku kwaphinde kwadingeka ukuthi kuqashwe onogada ababezobhekelela ukuphepha nokuvikeleka kwempahla yekolishi. Nalapho futhi kwaphinde kwabhekwa kuwo umphakathi. Kakade vele kuye kubaluleke ukuthi umphakathi kube khona ohlomula ngakho uma ngabe indawo yawo ithatha igxathu eliya phambili ngokwengqalasizinda.

## 15. Kunjalo-ke

Wayesanda kuqeda ukwenza izinto zakhe uMaZwane ngenkathi kufika insizwa esebenza eposini. Insizwa yayilethe izincwadi njengenjwayelo. Kukhona eyamxaka nje uMaZwane ukuthi ingeyani ngoba lezi ezinye wayezejwayele. Pho lena eyemvilophi ebomvu kwakungeyani? Yona yayingadukile ngoba yayinanyathiselwe ikheli lalapha ekhaya futhi ibhalwe namagama aphelele kaPhakamani. Nebala ayivule uMaZwane. Angithi vele ngokwejwayelekile izincwadi ziye zifikele kuye njengoba kusuke kunguye okhona emini.

Wake wadideka nje ukuthi imali engaka okwabe kuthiwa uyayikweleta uPhakamani kwakungeyani. Izinkulungwane ezingamashumi ayisikhombisa zonke pho? Ingani lena ayikweleta ngenkathi beshada sewayikhokha kudala. Pho lena kwakungeyani? Wavele wazizwa edinwa nje uMaZwane. Kwala kancane ukuthi athathe ucingo lwakhe abashayele laba bantu ababuze ukuthi le mali engaka abayifuna kumyeni wakhe ingeyani. Angithi babezifakile izinombolo abatholakala kuzo

173

ngasekugcineni kwencwadi. Kodwa kukho konke lokho kudinwa wabona kungcono ukuthi alinde yena umnikazi wodaba. Mhlawumbe wayezoluchaza kangcono udaba ngendlela ayezoyizwa uMaZwane.

Into eyayenza lumshise kangaka lolu daba yindaba yalo mnakwabo. Wayezibuza eziphendula ukuthi kungenzeka yini ukuthi uPhakamani uselobolile ngasese engazange amtshele yena? Phela uPhakamani wayenezindlela eziningi ezazingamlalisi ekhaya ngakho-ke le nto yayenza ziqine izinsolo kuMaZwane, futhi zaziqina kufanele. Khona uma kungathiwa ngempela ubeseyilobolile le ntombazane yinto azoyithini lena? Wavele wabona iwumdlalo yonke le nto ayethi uyayizama. Kwavele kwathi akawuchithe wonke lo muthi kaNontombi. Futhi nje vele yena wayesevele efuna ukushiya kulo mshado kwaba yinkani kanina nje owayemtshela ukuthi akabekezele. Kuye kwase kukhona nje ukuthi unina umfaka ngekhanda ngakho ngoba le nto ingaqondene naye. Ingani bonke ubuhlungu babuzwiwa nguye, ukudepha kwenxeba kwaziwa nguye futhi. Wayevele abazwele bonke abantu abasafuna ukushada. Ukuba babazi! Ukuba kuya ngaye wayezothatha umbhobho anyukele esicongweni abatshele ukuthi kulungile la bekhona kunalapho abafisa ukuya khona. Kodwa waphinde wacabanga ukuthi kungenzeka ukuba nguye owabhekana nenkunzimalanga yebhadi. Waqala phansi bandla wavulela idamu lezinyembezi, ebibitheka waze wazunywa wubuthongo.

UPhakamani wayefike eselele uMaZwane futhi kucaca nje ukuthi ubekhala. Wake wama uMvelase isikhathi eside ebuka umkakhe amethembisa ukuthi akasoze nanini amephule inhliziyo. Wazikhumbula nezethembiso ayezenze phambi kwezinkumbi zabantu ezabe zibulala inyoka zigcwele phama ehholo ngosuku lomshado. Uyakhumbula futhi efunga ukuthi uyothanda yena kuphela baze bahlukaniswe ukufa. Pho kwabe sekukhale nyonini? Angithi njengoba elele lapha embhedeni nje ekubeni kungesisona isikhathi sokulala kwakungenxa yakhe.

Wayesamile kanjalo nangenkathi yena nonembeza wakhe bevalelana endlini bexoxa. Unembeza wamvezela isono esingenakuxolelwa sezinyembezi zikaMaZwane

175

ezazichitheka imini nobusuku. Unjalo-ke unembeza. Uvele ungakuniki thuba ngisho elokuphefumula lodwa leli. Waqhubeka unembeza wamembulela ukuthi lo Mandisa owayesepepenyeka naye kwabe kunesikhathi esingaphansi konyaka bazana kanti uMaZwane kwabe sekucela eminyakeni eyisikhombisa beshadile singasayiphathi-ke eyokwazana. Waqhubeka-ke nokumququda unembeza uPhakamani waze wazithola esehlezi onqenqemeni lombhede okwabe kulele kuwo uMaZwane. Isandla sakhe esasilokhu siphulula uMaZwane yisona esamenza waphaphama ebuthongweni.

"Ngiyaxolisa s'thandwa sami. Ngicela ungixolele ngakho konke," kusho uPhakamani ngenkathi ephaphama uMaZwane.

"Uxolisani Phakamani? Uxolisa ukuthi usumlobolile ungazange ungitshele mina?" uMaZwane esho ngesibibithwane.

"Ukhuluma ngani?" UPhakamani emangele.

176

"Ngikhuluma ngani? Awuboni wena ukuthi yini le engikhuluma ngayo? Musa wena ukungenza isalukazi! Musa!" UMaZwane ekhomba umyeni wakhe ngomunwe. Wayengakaze acabange ukuthi langa limbe uyoke akhombe uPhakamani ngomunwe. Le nto wayegcina ngokuyibona kumabonakude yenziwa abantu besifazane ayebathatha njengabantu abaphelelwe yinhlonipho emadodeni abo. Namhlanje yayenziwa nguye. Angithi noma ngabe unenhlonipho enjani kodwa kuyavela ukuthi uma ngabe umuntu othile elokhu ephikelela eyiphundla igcina ngokuphela. Kwabe sekwenzeka lokho-ke nakuye uMaZwane.

"Ngempela Mangethe, angazi ukuthi ukhuluma ngani uma uthinta udaba lomalobolana. Uwena kuphela umuntu engamlobola ngangagcina futhi lapho ngamshada ekugcineni," kusho uPhakamani.

"Pho eyani le mali engaka oyikweleta ebhange? Eyani Phakamani?" UMaZwane ethatha incwadi leyo ebhalwe izizumbulu eyiphonsa kuPhakamani.

Nebala ayifunde uPhakamani. Uyifunda nje vele uyayazi yonke le nto ebhalwe lapha kuyo, useyifundela ukuthi kuke kuthuleke kancane esacabanga amanga azowasho kuMaZwane.

"Sengiqala ukudideka-ke manje ngoba phela ngithi laba bantu ngabakhokhela yonke imali yabo. Ukuthi lena isivela kuphi-ke nami angazi. Ngiyasola benze iphutha. Ziyenzeka izinto ezinjengalezi. Omunye nje umfana esisebenza naye uke wangixoxela ukuthi yena uthole ethi ukweleta izinkulugwane eziyikhulu zonke. Ngisazoke ngizame ukuya khona ngiyozwa ukuthi ingeyani le mali," kusho uPhakamani ependa udonga olwabe selubhixwe ngodaka.

Lehla igwebu kuMaZwane uma esho kanjalo uPhakamani. Empeleni wayesho le nto naye ayeke wayicabanga kodwa wabe esegqanyelwa yilesi silingo sentombazane ndini ayengafisi nokuyazi.

"Akekho umuntu engizomlobola mina s'thandwa sami. Nguwe kuphela ithemba lami," kusho uPhakamani.

"Ungakusho kanjani lokho ukuthi yimi kuphela ithemba lakho? Usisi yena umbeka kuphi?" Kubuza uMaZwane ephingqela umyeni wakhe amehlo.

"Khohlwa yilowo muntu s'thandwa sami. Bekuyintombazane nje yasemsebenzini ebengizichithela isizungu ngayo. Empeleni angazi nami ukuthi bengingenwe yini. Yingakho nje ungizwa ngixolisa. Awusophinde uzwe lutho oluhlanganisa mina nayo," kwakusho uPhakamani enza ephinda ekhuluma okwabe kungalindelekile. Angithi nguye lo owayesha amashushu ngoMandisa kamuva nje owayesembiza ngentombazane nje yasemsebenzini? Wake wazizwa eshawa uvalo oluncane uMaZwane uma ebona kwenzeka le nto. Wazibuza waziphendula ukuthi ngabe sekunguNontombi njalo? Phela uma kunguye lokho kwakuzobe kuchaza ukulunga kwezinto ngokushesha. Okusho ukuthi naye kwakuzomele asheshe aphuthumise inkokhelo yakhe.

Ngempela kwashona ilanga ngalolo suku isimo sisihle lapha kwaMvelase. Yebo, sabe sesibuyele kwesejwayelekile. Indlela okwakuxoxwa ngayo yayithokozisa.

Nasemsebenzini uPhakamani wayeseqala ukubuka uMandisa ngalawo mehlo okungathi uyamexwaya. Noma wayekuqaphela lokhu uMandisa kodwa wayebuye azitshele ukuthi imudla ngempela indaba yesithembu uPhakamani. Angithi wayeke asho kanjalo uma kwenzekile wathola ithuba lokuxoxa naye.

Nantambama uma ngabe sebeshayisile emsebenzini uMvelase wayevele abambe indlela aphuthume ekhaya kube sengathi kukhona akujahile. Yilapho-ke okwaqala khona isizungu kuMandisa ngoba ngaphambilini wayejwayele ukuhlala noPhakamani uma bephuma emsebenzini bazixoxele bekhumbuzana lezi naleziya.

Kwaba ngolunye lwezinsuku uMandisa wacela ukuthi babonane noPhakamani emuva kokuphuma emsebenzini. Nebala wenza njalo uMvelase yize nje wayelokhu ebelesele ngokuba sekhaya ngokushesha.

"Yagcina iphelele kuphi indaba yokuthi uzongithatha ngibe umkakho? Ngibuza ngoba kusathulekile namanje kanti siyahamba isikhathi," kwakubuza uMandisa.

"Ohho, ayi ngisephezu kwayo namanje Mandisa. Eyi, ukuthi nje iyasinda le ndaba. Yingakho nje ithatha isikhathi eside kangaka," kusho uPhakamani. Kwathi beqeda nje ukuxoxa kwaba yiso leso uMvelase ephuthuma ekhaya. Angithi wayengafuni phela ukuthi ingane yakhe ibe nesizungu sakhe njengoyise. Wayengafuni futhi ukuthi umkakhe aze asole ukuthi useqale phansi futhi le mikhuba ayeke wayenza ngaphambilini.

Kukhona ayeseqala ukukusola uMandisa. Izinto zase zithanda ukumphika kamuva nje. Wayezibuza eziphendula ukuthi kanti kwenzakalani ngempilo yakhe kulo mhlaba omagade ahlabayo? Into eyayisimphatha kabi kakhulu yile yokuthi kwakufanele anikeze uMbekezeli lo muzi ayesanda kuwakha. Ngapha ithemba lakhe lase lithanda ukudonsa izinyawo ngesethembiso elalisenze ngaphambilini. Njengomuntu ohlakaniphile uMandisa washeshe wafikelwa yisu engqondweni.

Kwakuyimpelasonto uMandisa ezihlalele lapha emzini wakhe eziphumulele. Wathatha umakhalekhukhwini wakhe washayela uPhakamani.

181

"Mandisa. Bengazi ukuthi angeke iphele impelasonto ungazange ungishayele. Injani impilo?" Kubuza izwi ocingweni.

"Ngiyaphila Phakamani. Bekumele ngenze njani bakithi ngoba phela wena awusenazo izinombolo zocingo lwami?" Kugigiyela uMandisa.

"Awu, suka lapha wena! Ngingayenza kanjani nje into efana naleyo? Inkinga nje ukuthi kulezi zinsuku ngimatasa nge..." wayesazama ukuchaza indaba engabuzwanga uPhakamani ngenkathi emenqaka uMandisa.

"Ngiyazi ukuthi vele uhlezi uphansi phezulu. Kodwa-ke asiyiyeke leyo. Ungakwazi ukuphuthuma lapha kwami njengamanje kukhona into engifuna ungisize ngayo?" Kubuza uMandisa.

"Hawu! Mandisa, yini le ephuthuma kangaka?"

"Cha, usushintshile bo wePhakamani. Usuqale nini-ke wena ukungibuza ipasi nesipesheli uma ngikudinga? Kodwa-ke ungangiphenduli kulokho. Empeleni ngifuna uzongiqukulisa leli khabethe. Ngenkathi belifaka laba

182

bantu ababelilethile basuke balincikisa kakhulu ngasefasiteleni. Manje angikwazi nokushawa umoya uma ngizihlalele lapha endlini," kusho uMandisa ehubhuza uHubhu kaBhejane. Akukho khabethe elabe lihlezi kabi. Nebala avume uPhakamani. Athembise ukuthi usazozama indlela yokuthi aphume.

\*\*\*

Nebala wagcina efikile uPhakamani kwaMandisa. Babesazixoxela nje ngenkathi eqaphela ukuthi khabethe ndini wawuzihlalele kahle, ungancike ngisho ukwencika efasiteleni. Wazibuza ngenhliziyo nje ukuthi; yiliphi kanti ikhabethe obekukhulunywa ngalo.

Ukusondelana kwabo ngokweqile kwakuyinto ejwayelekile. Kodwa okwangalolo suku sengathi kwakuphuthuma. Ngaphambilini kwakuba nguPhakamani ozisondeza kuMandisa, kodwa kwase kushintshile. Okwakwenziwa omunye kwabe sekwenziwa omunye.

"Bekuvele kuyilena inhloso yakho angithi?" Kubuza uPhakamani ngenkathi ethola ithuba lokuphefumula emuva kokuqabulana isikhathi eside. Ngaleso sikhathi uMandisa kwakungathi akasakwazi ukukhuluma. Okuningi ayekwenza wayekwenza ngomzimba. Banakashelana njalo, benkonkoshelana, bekotelana. Kwaba yiso leso uPhakamani waze waqaphela ukuthi kanti indlela yabo ayimile kodwa iphikelele ekameleni. Izimpahla lezi ezazilokhu ziqathaka phansi zaswela umuntu owayezozichazela kabanzi ukuthi zazizobuye zibonwe.

UMandisa wayengasenandaba nesivumelwano sabo ababevumelene ngaso sokuthi kumele balandele umthetho. Khona kwakuwumthetho wani lo othatha kude kangaka? Hawu, phela kwakungaze konakale izinto elokhu elindene nomthetho ayengawazi ukuthi uyomvumela nini ukuthi naye enze izinto njengabanye abantu. Futhi vele nje kuhlezi kushiwo ukuthi imithetho ibekelwe khona ukwephulwa. Angithi wayazi ukuthi lo mthetho awephulayo awuhlukumezi muntu. Ngakho-ke wayengeke aboshwe ngenxa nje yokuthi wephule wona. Icala labe selizothethwa ligcwele.

"Ngicela ungangehluleli ngale nto esiqeda ukuyenza," kwakusho uMandisa ephulula ingalo kaPhakamani belele belinganisene lapha embhedeni.

"Ngike ngasola kodwa ukuthi ikhabethe alenzanga lutho," kusho uPhakamani. Bahleke bobabili. Washeshe wacela ukubaleka uPhakamani ekhala ngesikhathi.

"Uhamba kanjani singakaxoxi Phakamani?"

"Hawu! Mandisa. Ubungangitshelanga mina ukuthi kukhona ofuna sikuxoxe," uPhakamani ehlisa umoya.

"Awusho Phakamani, kanti mina ungithatha nini? Ngaba wundinga sithebeni nje ekubeni wangethembisa? Ngilindile-ke mina ngilinde umnyama ongenafu?" Wavele wabona uPhakamani ukuthi sekonakele.

"Akusiwona umnyama ongenafu Mandisa. Mina…" akazange aqede ukukhuluma uPhakamani.

"Musa ukuba namaqhinga! Ngikwazi ungenawo nje amanga lapha kimi. Ubuqambela lo ndlunkulu wakho amanga, hhayi mina! Angenziwa-ke kanjalo mina Phakamani!"

"Uqonde ukuthini Mandisa?" Kubuza uPhakamani eseqala ukufutheka.

"Ngiqonde ukuthi lo *house wife* wakho usekudlisile! Ngiyabona wena uzitshela ukuthi ngilibele. Wena awusenaso nje isikhathi sami. Usuhlezi ujahe ekhaya zonke izinsuku. Angeke-ke ngiyimele mina leyo nto! Siyezwana?" Kubhoka uMandisa.

"Akunjengoba ucabanga Mandisa. Njengoba ngangishilo nangaphambilini ukuthi ngisematasa ngilungisa lona lolu daba. Ngisephezu kwalo namanje," uPhakamani ezama ukuchaza.

"Lalela Phakamani. Sengikhathele mina yila manga akho olokhu ungifundekela ngawo. Wena ucabanga ukuthi ngiyisalukazi. Manje-ke uzozwa ngami lokhu engizokusho! Kukuwe-ke ukuthi uyayithatha le nto engiyishoyo noma cha!"

"Yini leyo Mandisa?" Kubuza uPhakamani emagange ukuzwa ukuthi uza naziphi uMandisa. Nebala acijise izindlebe.

"Asivumelane ngokuthi angeke liphele leli viki esiliqalayo ungaziphethanga izindaba zokuthi mina ngi-*move in* kwakho. Futhi kungcono ngoba noMaZwane sewake wamuthi fahla ngami," kusho uMandisa.

"Mandisa…" uPhakamani ebakaza, ephelelwa amazwi.

"Uzokhetha angithi?" Kubuza uMandisa.

"Ngangithi sixoxile nje Mandisa saqeda."

"Ngithe *it's either* wenza le nto engiyishoyo noma ngiyahamba njengamanje ngingagezile nginje ngiya emaphoyiseni ngiyovula icala lokuthi ungidlwengulile ngizihlalele emzini wami. Kunjani lokho?"

Wavele wangazi uPhakamani ukuthi enzenjani. Nesimo sezulu salapha phandle wavele wangasikhumbula kahle ukuthi kambe besinjani ngenkathi efika lapha. Nakhu egodola manje. Lamudla ixhala. Ladlala ibhulukwe endodeni.

Wayeqala ngqa uPhakamani ukuvalelwa ekhoneni ngalolu hlobo. Futhi-ke evalelwa wumuntu ayengakaze acabange ukuthi angamvalela. Kwabe sekwenzeka le nto ehlezi ishiwo abantu yokuthi ungabomethemba umuntu ngoba langa limbe uzokujikela. Kwase kukhona nokuzisola kuye ngokuthi eze lapha kwaMandisa. Yebo, kwase kumele akhethe phakathi kokuyogqunywa ejele nokuthi athathe uMandisa njengomkakhe wesibili.

Wayezibuza eziphendula ukuthi khona uma kungathiwa uyaboshwa, uzosala abe yini uMaZwane nomntwana wakhe? Babezosala babe yini ngaphandle kwakhe ngoba phela icala lokudlwengula lalizomqumba phansi agqunywe ejele impilo yakhe yonke kwazise nobufakazi babuzohlangana. Wayezofika athini nje kuSenzo? Wayezoyibeka kanjani le nsambatheka?

"Mandisa... uyenzelani le nto oyenzayo? Bengithi uyangithanda nje, pho umgodi wani lo ongimbela wona?" Kubuza uPhakamani ebamba izinyembezi ngezinkophe.

"Ngikuthanda impela Phakamani. Yingakho nje ngifuna nokuzohlala nawe ukuze ngizohlezi ngikubona eduze. Khuluma-ke; sithini isinqumo sakho?" Kubuza uMandisa. Abakaze uPhakamani. Kuze kuthathele yena uMandisa.

"Kulungile-ke ngoba awufuni ukwenza le nto engiyishoyo. Ithi ngiphuthume emaphoyiseni ngenkathi wena uphuthuma kulo mfazi wakho omuzwa ekhaleni. Wofika umtshele-ke bhuti ukuthi emizuzwini embalwa ezayo kuzofika abakwaSidlodlo bezokulanda," kusho uMandisa egqoka izimpahla ezaziphume ngalesiya sikhathi esinzima. Ephuma ekameleni eshiya uPhakamani emile edidekile.

Wayesathi uvula isicabha nje uMandisa ngenkathi ezwa isandla sikaPhakamani simbamba. Aphenduke.

"Mandisa ima phela sixoxe," kusho uPhakamani ngezwi eliphansi eliphelezelwa yizinyembezi. Wayengenandaba nezinyembezi zikaPhakamani uMandisa. Angithi umuntu uyakhala yize kungekho buhlungu inqobo nje uma kuzolunga le nto ayifunayo. Yiyo-ke lento eyabe yenza uMandisa ukuthi angabi nazwelo noluncane nje ngoPhakamani. Wayema ngelokuthi noma angakhala kodwa akakhali igazi.

"Khuluma ngilalele," uMandisa egoqa izandla elalela.

"Kulungile ngizokwenza okufunayo. Ngizokwenza..." kusho uPhakamani.

"Awuzwe-ke! Yingakho ngikuthanda wena Mvelase wami omuhle," uMandisa emamatheka. Athi ugaxa izingalo zakhe kuPhakamani ale.

"Usale kahle Mandisa," kusho uPhakamani ephuma eqonda emotweni eyabe ipake ebaleni.

"*Bye* Phaka! *Be safe please*," kusho uMandisa ebambelele esicabheni ebuka uPhakamani owayesefike wayidumisa imoto wayihlehlisa nyovane, eyijikisa iyophuma esangweni.

"Wachitheka umuzi wami madoda! Uyingozi uMandisa. Unenhliziyo yomthakathi, yena okuhlekisa ebe ekubulala. Kodwa yena ngiyamthanda. Yindlela enza ngayo izinto nje enginengayo. Nx! Bekuyini nje ukungilinda?" UPhakamani ekhuluma yedwa lapha emotweni, enxapha. Wayenganakanga ukuthi useyigijimisa kakhulu imoto ngenkathi eqaphela ukuthi kunezinkomo ngaphambili. Nebala azame ukuyibamba ingakafiki kuzo.

190

Indlela ezihlukumezeka ngayo izinhliziyo zethu kanjalo nezingqondo zethu iyona eholela ekutheni sizithole sesonile singazelele. Kokunye kugcina kuhlukumezeka labo esisondelene nabo ngenxa yengcindezi esiyitholayo. Yingakho uMandisa wayesezivalele ekamelweni wasidinda isililo. Wayengazi ukuthi kuzohamba kuhambe enze into ebuhlungu kanje komunye umuntu. Kwayena uqobo wayeziqabuka. Sasimethusa lesi simo ayekusona. Iqiniso lithi kwakungesiyena lo owayenza le nto kuPhakamani, kepha yintukuthelo eyabe iqangqalaza phambili.

UMaZwane wayesale washayela unina ucingo emazisa ngesimo esabe siqhubeka.

"Wangisiza yena uNontombi mama, phela ngacishe ngaphunyukwa yiqatha emlonyeni. Inkinga nje engiyibonayo eyokuthi abantu bayoze basole ukuthi kukhona engikwenzile kuPhakamani. Indlela aseqala ukuziphatha ngayo ayingithokozisi kahle."

"Hawu Senzi! Kanti wenzani umkhwenyana?" Kubuza unina.

"Akasenzi ngale ndlela abejwayele ukwenza ngayo mama. Mina bengingafuni ukuthi abe njena, *I mean*, usekwenza kuze kube *over*! Izolo nje ngalile esefuna ukuwasha izimpahla zengane ngenkathi mina ngisapheka."

"Hhayi, ungazikhathazi ngokuningi mntanami. Mhlawumbe usazoshintsha umkhwenyana, okusho ukuthi isenamandla kakhulu le nto kaNontombi. Ake ulinde imbijana."

"Kulungile ngizolinda mama," uMaZwane evalelisa kunina ekhala ngomfazi womlungu owabe esekhulumile ebika indaba yamasenti. Wayesanda kulubeka phansi ucingo eqhubeka nayekade ekwenza ngenkathi kungena uPhakamani. Aqaphele ukunyukubala ebusweni bakhe.

## 16. Ngiyoyizekela Amagwababa

"Mangethe, kuzomele sikhulume…" uPhakamani ekhuluma samuntu okwakungathi kuyamesinda kwalokho kukhuluma.

"Sekwenzenjani manje futhi baba kaSenamile?" UMaZwane ehlala kusofa eqondana nomyeni wakhe naye owabe esefike wahlala kuwo usofa wagobodisa.

Alwendlale-ke udaba njengoba lunjalo okaMvelase. Vele akukho okunye ayengakwenza okwakungase kumphephise ngaphandle kokuthi agonyuluke. Ngenkathi eyizwa le nto eshiwo nguPhakamani uMaZwane wazitshela ukuthi kungenzeka usephusheni. Cha, wayengekho-ke ephusheni futhi wayezwa into okuyiyona.

"Phakamani, akukaze kube iphutha ukulala nomuntu! Musa nje ukuthi kube iphutha ngoba nguwe osuke lapha waya kuye, angithi?"

"Impela kunjalo…kodwa…" amngene emadevini uMaZwane.

"Kodwa kodwa ini? Ayikho nje into ofuna ukuyichaza njengamanje Phakamani, futhi nje ngicela bandla ungazami ukungilalelisa amanga akho, unamanga kabi wena! Kuzokusiza-ke ukuthi uwuvale lo mlomo wakho uhlukane nokungenza isilima!" UMaZwane esho ngokufutheka nesibibithwane.

"Ngicela ungixolele Mangethe, bengingaqondile uku…" amenqake futhi uMaZwane.

"Ayikho into obungayiqondile yise kaSenamile! Ngithe hlukana nokungenza isalukazi sakho," uMaZwane esukuma eqonda emnyango owawuvulekile, ephuma. Ebaleni afike afice ingane eyayingazi nanyaka izidlalela amathoyizi, eyiyabula, ephindela endlini afike ayibeke kusofa sakuyilahla bude buduze noyise maqede aphume futhi.

Ngokwakhe wayethi uduba yonke into kaPhakamani kuhlanganisa nayo ingane kodwa waphinde wakhumbula ukuthi uma ngabe eshiya ingane yakhe yayizohlupheka ihlushwa omunye umuntu wesifazane owayezofika enze lokho abadume ngakho omama abasuke bezovala isikhala salabo abasuke bengasekho ngenxa yezimo ezithile. Yingakho-ke wajika endleleni esahambe ibangana nje ebuya efika emthatha umntwana. Kwenzeka konke lokhu nje uPhakamani usalokhu edidekile kangangokuthi akazange abone ukuthi uMaZwane usehamba unomphela.

\*\*\*

Indaba kaMaZwane nomyeni wakhe yayisimkhathaze kakhulu uMaMchunu. Inkinga enkulu-ke kwaba ukuthi wayeseke waba nemizamo ayizamayo efana nokuya kuNontombi ababenethemba lokuthi hleze yena uzozilungisa izinto. Yebo, yena wazilungisa bandla kodwa kwasho ukuthi ezinye izinto uma ngabe zivele zidaliwe alikho icebo elisuke lingazama ukuziphazamisa. Yize wayengathandi uMaMchunu ukuthi ahlale nendodakazi yakhe emzini wakhe njengoba engumakoti wakomunye umuzi kodwa kwabuye kwavuka ukuthi phela le ngane eyabe ihlukumezeka yavundla lapha esiswini sakhe izinyanga eziyisishiyagalolunye zonke. Yingakho-ke akhetha ukumgcina umntwana wakhe kanye nomzukulu futhi akangazihlupha ngokuthi aye kuPhakamani ukuze bezozama indlela yokuyilungisa le nto. Angithi vele kuthiwa uma esechithekile amanzi isuke ingekho indlela ongenza ngayo ukuthi uwabuthe.

Alikho futhi necala ayengabekwa lona ngokuthi uhlezi nomfazi womuntu. Ingani yikho ukungcola kwalowo mkhwenyana okwakuholele ekutheni kube njena, futhi wayenesiqiniseko esigcwele uMaMchunu ukuthi angeke alinge alubhade emzini wakhe uPhakamani. Wayesho nokusho ukuthi uma nje engahle abeke imicondo yakhe lapha uyokubona okwabonwa nguSawuli ebheke eDamaseku. Phela ukuthi wathatha ingane yakhe kwakungachazi ukuthi enze noma yini kuyo. Wayeke akubalule futhi nokuthi yena akazange amxoshe umntanakhe ekhaya, ngakho-ke wayengeke ahlupheke eziqeleni ekubeni yena esawadla anhlamvana.

Ngapha uMandisa wayevalele injabulo ngaphakathi ejatshuliswa ukuthi usezoba umkaPhakamani ngokugcwele. Yize wayeqale wazisola ngokuphoqa uPhakamani ukuthi amenze umkakhe kodwa kwabe sekudlulile konke lokho. Ingani kuye kushiwo nje ukuthi uma ufuna into ethile kudingeka uyilwele ngawo wonke amandla onawo ukuze izokwenzeka. Naye-ke uMandisa wayesebenzise lelo qhinga lokulwa. Akabange esakugqiza qakala ukuthi wayelwa kanjani, okwakumenelisa nje futhi kuyithokomalisa inhliziyo yakhe ukuthi wayeyilwe ngempumelelo impi yakhe. Wayinqoba futhi. Wayengasenandaba futhi kamuva nje ngokuphazamisa uMaZwane kulokhu okuyigugu kuye. Ingani kuye kuthiwe intombi ikhishwa esokeni. Pho-ke yini eyayingenza ukuthi yena ahlulwe ukukhipha umfazi endodeni yakhe? Kwaba yikho-ke ukuthi zazingakafiki kuye izindaba zokuthi uMaZwane wayesehambile wamshiya yedwa uPhakamani, ukuba wayesezizwile wayeyotshakadula njengenkonyane libona unina lijatshuliswa ukuthi selizokleza kogwansile.

Kwakuyimpelasonto ezihlalele endlini yakhe uMandisa ezipholele kamnandi engazelele lutho ngenkathi kungena ucingo luvela kuMbekezeli. Kwake kwathi akangalubambi ucingo ngoba vele lwalumphathele izindaba ezingezukumjabulisa kodwa wabuye wazikhuza.

"Yebo sawubona," uMandisa ebamba ucingo samuntu ongazi ukuthi ukhuluma nobani.

"Ninjani dadewethu?" UMbekezeli ezwakala ngalena ocingweni eneme.

"Ngiyaphila."

"Awu, kwakuhle-ke lokho Sibalukhulu. Cha, nathi siyaphila negenge yami. Bengithi angikwazise lapha dadewethu ukuthi sesikulungele ukwehla, kanti asekhona futhi namaphepha lawa afakazela ukuthi ngizalwa ngubaba uDlamini," kusho uMbekezeli enqamula inkulumo samuntu othi, 'sesimi ngemvume yakho usibona nje'.

"Uma uthi senikulungele ukwehla usho ukuthini?"

"Ooh, hhayi bengichaz' ukuthi sesingehla noma yinini ukusuka manje okungukuthi sesingezwa kuye usisi ukuthi yena umi kanjani," kusho uMbekezeli.

"Kulungile, ayikho inkinga. Kodwa-ke bengithi ngisazokwazisa ukuthi umuzi awusekho eMzimkhulu kodwa ususeMseleni."

Adideke uMbekezeli. "Angimuzwa kahle usisi, mhlawumbe angathi ukwenaba kafushane."

"Umuzi kababa ubuseMzimkhulu, ngibe sengiwudayisa-ke, kodwa ngibe sengakha omunye kwenye indawo. Ngicabanga ukuthi okuningi sesiyokuxoxa uma usufikile," kusho uMandisa.

"Ngizwa kahle dadewethu. Okusho ukuthi-ke usisi usezongithumelela inkombandlela ngoba ngiwumuntu ozobe eyiqala ngqa iNatali," uMbekezeli egigitheka.

"*Alright* ngizokuthumelela ngocingo," kusho uMandisa.

Bavalelisane-ke bethembisana ukuzigcina izethembiso ababethembisene zona ikakhulukazi uMandisa okwakumele athumele inkombandlela ukuze umfowabo nomndeni bengeke babe nenkinga yokuthi bafike eMseleni enyakatho nesifundazwe iKwaZulu Natali. Yize yayimphatha kabi uMandisa le nto yokuthi usezoshiya umuzi wakhe omusha ceke kodwa wayebuye abe nenjabulo ngokuthi emuva kwesikhathi eside eyedwa, engenawo umndeni wayesezohlangana nethambo lamathambo akhe.

Wavele walubona lukude kakhulu kwalolo suku lwangeSonto. Wayengasakwazi ukulinda, esemagange ukubona insizwa yakwabo ayengangabazi ukuthi imfuze yangamshiya uyise. Phela wayeke aqaphele ukufana kwamazwi - elikayise kanye naye uMbekezeli uma ngabe bekhuluma. Yiyo le nto eyayenza uMandisa abe nesiqiniseko sokuthi uzobona uswahla lwensizwa olufana noyise. Wo! Avele amkhumbule kakhulu bandla uyise aze azithole esevula umqingo ogcine izithombe ababezithwebule nonina besaphila. Izihlathi zakhe wazizwa sezithanjiswa yimvula yezinyembezi lapho eqondana nesithombe ababephelele kuso, kunguye uMandisa nabazali bakhe ababesithwebule ngosuku lwakhe lokuzalwa olwabe luhlanganisa nomcimbi womhlonyane.

Ngapha, uMbekezeli naye wayethokoziswa ukuthi kuzoqopheka umlando ngempilo yakhe. Ingani wayesezophuma aphele kulokhu kuhlupheka kwaseGoli. Ukuthi umuzi owawusendaweni ethile sewadayiswa kwakhiwa omunye kuphi kwakungamthinti yena. Into ayezoyithokozela nje ukunyathela emzini onentokomalo. Ewu! Bakithi. Mhlawumbe wayezoqala acabange izinto kangcono esenomuzi othi yena. Phela nguye osezoba

200

inkosana kulowo muzi. Uma ethanda uzowudayisa lowo muzi ayozakhela omunye. Kumnandi-ke ngoba intengo yomuzi iyenyuka kunokwehla. Izinto zakhe zase zizoqala zilunge, hhayi indaba yokuthi aphile ngomcacamezelo.

Ingani wayeke azizwe ezinye izinsizwa zixoxa etohweni ezabe zizichaze ngokuthi zidabuka KwaZulu. Izinsizwa ndini lezi zazikuqhakambisa ukuba nekhaya. Ikhaya ozobuye ukwazi ukwenza kulo izinto zakho zesintu ungathethiswa omasitende abanemithetho elikhulu.

Selokhu avela uMbekezeli akakaze athole umsebenzi oqondile nomfakela imali engasokolisi. Ubebamba amatoho nje, abuye azibandakanye nasemsebenzini ongaveli kahle hle ekukhanyeni. Kule minyaka edlule uphila ngokupatanisa, ehlanganisa amatoho nawo aye angathathi isikhathi eside. Lokhu-ke kwenza isimo sibe nzinyana kuye kanye nomndeni wakhe. Njengoba ezolibangisa kulo muzi nje angangabazi ukuthi sekungowakhe, kuzolunga masinyane. Uyabona nje esethola umsebenzi osile azobe ewunikezwe amadlozi akubo. Uyazibona futhi eshiya umakoti nezingane kwakhe ehamba njengomnumzane ayozizamela impilo

201

engcono, abuye kuphela uma ngabe kungamaholide ePhasika noma kaNcibijane. Uyabona uMbekezeli

\*\*\*

Kwakungathi izwe liyamhleka uPhakamani. Naye futhi wayesenakho nje ukuzibona ubuwula njengoba wayesesele yedwa emzini wakhe. Yebo, wayesesele nempi kanembeza kuphela owawumbelesela ngemibuzo eyinsada. Bona abantu babezothini nje uma bebona indoda isisele yodwa emzini wayo? Akukho-ke okunye okwamfikela uMvelase ngaphandle kokuzibona eyisehluleki. Ingani kunjena nje namhlanje kungenxa yokwehluleka kwakhe kwasekuqaleni ukuthi angazimbandakanyi noMandisa. Noma iningi lalingamzwela ngalokhu okwakwenzeka kuye kodwa iqeqebana lalizokwehluka, limtshele ukuthi sekuyizithelo zalokhu ayekutshalile. Nale ndlu kwangathi yayisivele yaba nkulu ngokweqile manje. Wayevele angazi ukuthi uzothathani ayihlanganise nani. Ikhanda lakhe lase lidunyiswa nawukuthi uMaZwane uhambe nomntwana.

"Wasiza kodwa wahamba naye. Ukuba wamshiya ngangizosala ngimenzenjani mina? Okubi nje ukuthi noma sengimkhumbule kanjani umntwana wami angeke ngimbone. Ngiqinisekile ukuthi umama kaMaZwane angala ukhasha uma ngingathi ngifuna ukubona ingane, ngingasayiphathi-ke eyokuyithatha ibe ngakimi. UMaZwane ungidinelwe, futhi angiboni ukuthi uyoke angixolele. Sebubuningi kakhulu ubuhlungu engimzwise bona," uPhakamani ebamba izinyembezi.

Njengoba wayechitha isikhathi nje ekhala uMvelase, zaziya ngokuphela izinsuku ayezibekelwe uMandisa. Yebo, zase zibheke osukwini oluwumnqamlajuqu. Ngakho-ke kwakumele azame ukuzihlela kahle izinto zakhe kungaze konakale.

## 17. Yazika Inqanawe

*"Ubhuti uyeza kusasa. Njengoba wazi-ke nawe ukuthi anginayo enye indawo ngizocela ukuthi ngibe ngapho-ke kuwe. Ngiyethemba-ke ukuthi kuzoba lula nokungikhokhela ngoba usekhona nomuntu ozoxoxisana naye ngezindaba zamalobolo."*

Akazange awuphendule uMvelase umqhafazo, kunalokho kwakuthi akalusakaze phansi lolu cingo. Pho-ke lwalungenacala bakithi ucingo, kepha lwaludlulisa lokhu olwaluthunywe khona. Yonke le nto eyayenzeka yayimvezela ngokusobala uPhakamani ukuthi akusekho ukujikela emuva kwendlu. Vele ezinye izinto kudingeka ukuthi ugwinye itshe noma kunzima, inqobo nje uma lidlule emphimbo impilo isuke isazoqhubeka.

Wahamba-ke uMvelase waya edolobheni ukuyocoshacosha izinto ezimbalwa ayezofike azithole uMandisa. Phela yize kwakuqondakala ukuthi akasekho umuntu wesifazane kuleli khaya kodwa wabona kukuhle ukuthi kube khona akuthengayo ukuze kuzogqibeka ihlazo. Phakathi kwezinto ayezithenga kwakuyizinto azaziyo ukuthi zithandwa nguye uMandisa ngoba yena wayengakuthi mbibi ukudla kusukela ngosuku okwahamba ngalo umkakhe womshado. Lishona nje ilanga langoMgqibelo uMvelase uyabikelwa. Phakathi kwezinto ezazimshayisa ngovalo ukuthi babezothini nje omakhelwane uma ngabe bebona uMandisa esepheshezela emagcekeni akwaMthembu. Phela bona babengeke bakucabange ukuthi ukuhamba kukaMaZwane kube ukuthanda kwakhe. Ukuthanda kwakhe okudalwe nguye kodwa. Kukho lokho kukhathazeka uMvelase waphinde wazehlulela ngokuthi kungaba kuhle uma ngabe umuntu nomuntu ezobhekana notwayi lomuzi wakhe, ahlukane nezindaba ezingahlangene naye.

"Bayahlupha abantu. Bahlezi bekhuluma noma ngabe leyo nto ayihlangene nabo," uPhakamani ekhuluma yedwa, enxapha.

Usuku lwangeSonto lufika nje lubhekwe ngamehlo abomvu, ikakhulukazi uMbekezeli nomndeni wakhe. Ingani babelale bengalele becabanga ibanga elide ababesazolihamba belibangise KwaZulu Natali. Yingakho-ke babelale bepakishile imithwalo yabo,

205

sebezovuka baziphaqule andukuba babe yindlela. Yebo, kwabe sekusile. Amabombo esebheke eNatali. Waqinisekisa uMbekezeli ukuthi akukho okwakuzomdinga eGoli ngokushesha. Nanokuthi-ke vele umqondo wakhe wawungasekho eGoli. Konke ayekucabanga ngaleso sikhathi kwakuphetha emzini kayise. Nebala akukho okwakuzomdinga kwaNdonga Ziyaduma ezinsukwini ezazizolandela. Naye futhi akukho ayezokudinga khona. Inkombandlela eyayithunyelwe nguMandisa iyona eyayizokwenza lube lula uhambo lwabo. Kwaba ikhona-ke ukuthi babezodonsa usuku lonke besetekisini.

Nebala bafika edolobhaneni iMbazwana seliyozilahla kunina. Akhumbule uMbekezeli ukuthi ubethe uMandisa uma ngabe sebefikile eMbazwana abomshayela ucingo. Nebala enzenjalo uMbekezeli.

"*Hello*," uMandisa ebamba ucingo.

"Dadewethu, sesifikile eMbazwana Taxi Rank," kusho uMbekezeli ocingweni.

"Hawu! Kwakuhle. Kambe uthe nibangaki bhuti?" UMandisa eqinisekisa isibalo ecabanga ukuthi hleze ubengabalanda ngemoto yakhe.

"Imina nomakoti nezingane eziyisithupha sisi." Ababazele ngaphakathi uMandisa. Incane kakhulu le moto yakhe ngoba ithwala kuphela abantu abane.

"Ohh, hhayi kulungile. Ngizocela nithi ukulinda kancane khona lapho. Kukhona imoto ezofika inithathe. Yona-ke izonibeka lapha ekhaya." Nebala balinde. Kwaba yisikhashana nje yafika itekisi, basho phezulu.

Indaba yezingane eziyisithupha zonke yayimethusa uMandisa. Ingani umfowabo wayekhale ngokuthi akasebenzi namsebenzi otheni. Pho yini eyayimenza ukuthi azale kangaka? Basuke beqinisile ngempela abantu uma bethi umuntu ongasebenzi uzala ukwedlula lo osebenzayo ngoba uba nesikhathi esiningi asichitha nowakwakhe. Kodwa-ke vele wayemane ezihlupha ngento engafuni yena uMandisa. Yingakho nje engazange awugxilise kule nto umqondo wakhe. Ngakolunye uhlangothi kwakuzomthokozisa ukubona isizukulwane sakubo.

Wayesazihlalele kanjalo amehlo akhe elokhu ewaphose esangweni ngenkathi eqaphela izibani zemoto. Kwabe sekunguye uNxumalo ayemcele ukuthi amlandele abomndeni wakhe abavela eGoli. Ingena ngaphakathi egcekeni nje itekisi, uMandisa usevele umi emnyango. Kwaba yintokozo yodwa ukwamukelana kwabo, uMbekezeli ebethula bonke abantwana kulowo ababezombiza ngo-anti wabo. Kodwa-ke uMandisa wayesazodinga isikhathi esanele ukwazi amagama abantwana njengalokhu kwakungelula ukuwabamba ngokushesha.

"Yeyi… wamuhle umuzi wekhehla madoda!" UPhakamani ezulazula, ephuma engena emakamelweni.

"Njengoba bengike ngasho bhuti. Kahle kahle umuzi kababa ubuseMzimkhulu eningizimu yalesi sifundazwe. Ngenxa yomsebenzi-ke nokubuka ukuthi ubususele wodwa ngibe sengiwuthutha ngazowubeka ngapha."

Baqhubeka-ke baxoxa ngempilo, ikakhulukazi uMbekezeli ekhuluma ngobunzima bempilo kusukela ekukhuleni kwakhe. Kokunye wayekhuluma aze ahlengezele izinyembezi, ubona nje ukuthi kunzima endodeni.

Wabakhulula-ke kukho konke uMandisa, esho nokusho ukuthi abangesabi lutho ngoba vele leli yikhaya labo. Wababela amakamelo ababezolala kuwo njengalokhu bonke babekhala isikhalo esifanayo bekhala ngokuncinzeka kwemizimba.

"Manje pho udadewethu yena uzolala kuphi? Ngibuza ngoba usesinikeze onke amakamelo kodwa elakhe angiliboni," kubuza uMbekezeli.

Amamatheke uMandisa. "Hhayi, kanti ungazikhathazi ngami bhuti. Njengoba ngininika indawo yenu nje ngicela ukuthi nikhululeke. Mina angeke ngilale lapha cishe ukusuka manje kuya phambili. Isiyobonana ekuseni-ke bhuti. Nilale kahle, niphumule."

Wayesadidekile kanjalo uMbekezeli nangenkathi ephuma uMandisa edumisa imoto, eyinyonyobisa ize iyophuma ngesango elabe livulwe ngesikhathi kungena itekisi likaNxumalo. UMbekezeli wake wacabanga ukuthi hleze uMandisa uyaduba. Kodwa khona kuthiwa uyaduba wayengabe uduba into ezobukwa ubani? Nokho washeshe wayinqanda leyo micabango uMbekezeli, ingani wayeshilo uMandisa ukuthi uzobabona ekuseni. Kwaze kwafika isikhathi sokuthi balale oMbekezeli. Yebo, basebezovuka ekuseni ngakusasa kube ima beyibona kahle le ndawo kwazise babefike sekuhwalele.

Wake waxakeka nje uPhakamani ukuthi kanti akasafiki ngani manje uMandisa njengalokhu wayethembise ukufika. Noma wayezobe efika ngokungemthetho uMandisa kodwa kwabe sekukhona kuMvelase ukulangazelela ukuba naye. Ingani vele kamuva nje wayeseyimpohlo. Kwazi bani? Mhlawumbe ithemba lakhe lokugcina kwase kuzoba nguye uMandisa. Mhlawumbe kwabe sekuyisikhathi sokuthi uMandisa akhokhe le mali amelaphisa ngayo uPhakamani ngenkathi begqigqa kodokotela beqophelo eliphezulu. Nokho wayesezoyikhokha ngokuba umakoti wakuleli khaya.

Njengobani nje ongakhipha izizumbulu ezingaka zemali engalindele lutho ekugcineni?

Esahlezi kanjalo endlini egqolozele umabonakude njengenjwayelo uPhakamani aqaphele ukuduma kwemoto emnyango. Akhumbule nokho ukuthi kambe ubengalivalile isango ngoba vele kukhona amlindele. Nebala kwabe kunguye uMandisa.

"Hawu, uyazi bese ngiqala ukukhathazeka ukuthi awusafiki," kusho uPhakamani bengakabingelelani nokubingelelana kodwa lokhu.

"Awu! Kahleni bo! Ubusujaheni kangaka?" Kubuza uMandisa emamatheka.

"Hhayi, ukuthi nje kuba nalokho uma ngabe ulindele umuntu. Usuzolokhu uqalaze njalo uthi uzombona, uzombona lutho." Bahleke bobabili. Benze leyo nkonzo yokubingelelana yokuhlanganisa izifuba. Akuzwe ukufudumala kwesifuba sikaPhakamani uMandisa. Ya, nangu lo Phakamani amaziyo yena, uPhakamani wasekuqaleni lo amehlula ngamazwi langa limbe. Nangu uPhakamani owamethembisa ukuthi uzomthanda noma

211

ngabe isimo sinjani. Nangu lo Phakamani owadela itshe lemali yakhe ngoba elwela ukuthi impilo yabo ishintshe. Hhayi le nto akade esephenduke waba yiyo ezinyangeni ezimbalwa.

"Ubusubanjezelwe yini kangaka?" Kubuza uPhakamani.

"Bengisalinde ubhuti nomndeni wakhe. Basanda kufika nje njengoba nami ungibona ngifika ngalesi sikhathi."

"Hawu! Sebefikile? Aphi pho amaswidi aseGoli?" Kubuza uPhakamani sakubhuqa, egigitheka.

Baqhubeka-ke nokuthokozela ukuba ndawonye. Into ayiqaphela uPhakamani ukuthi uMandisa lona wayesivala ngci isikhala sikaMaZwane. Futhi nje uMaZwane wayezibandela. Wayengenqeni nje ukuvele aqudule usuku lonke, kube nzima ngisho ukuqala inkulumo naye. Isimo sasihlezi sishubile nje uma kukhona yena, kungekho kwasikhathi samancoko. Lena ngenye yezinto ezazenza ukuthi uMandisa abonakale engcono kunoMaZwane. Yebo, impela basuke beqinisile abantu uma bethi noma ngabe yini onayo iba yinhle uma ungayiqhathanisi nalutho, uzothi ungaqala

212

ukuyiqhathanisa nenye bese ubona inqwaba yamaphutha kuyo. Ingani omunye wayezothi uPhakamani ndini lo wayezikhethele yena ukushada noMaZwane, futhi-ke akukaze kwenzeke ukuthi ushade nomuntu ongamazi ingaphandle nengaphakathi lakhe. Pho yini-ke eyayisimenza agxeke ukulunga kukaMaZwane ngoba wamthatha emazi ukuthi ulungile? Emhlabeni! Izinto zimane ukwenzeka.

"Kuzomele uqaphele Mandisa. Ungangizwa kabi kulokhu engizokusho. Anginankinga nobhuti wakho, kodwa ngiyazibuza ukuthi ubekade ekuphi sonke lesi sikhathi. Yini esimenze wafuna ukuvela?"

"Hawu, Phakamani! UMbekezeli uchazile nje ukuthi wayengenalo ulwazi ngokuthi amakhaya akhe akuphi. Futhi nje ave efana nobaba, wamfuza wangamshiya," kusho uMandisa.

"Cha, njengoba bengishilo ukuthi ungangizwa kabi Mandisa. Langa limbe kukhona udaba olwake lwangishiya ngibambe ongezansi ngayo le nto yamadodana aqhamuka esemadala. Kuthiwa kukhona

213

omunye ubaba owayesebenza kwenye yezimayini ezikhiqhiza okusansimbi khona eGoli. Lo baba-ke waxinwa ukugula washona. Kuthiwa inkampani yaphoqeleka ukuthi ikhokhele umndeni walo baba izizumbulu zemali ngoba kwakungathi lokho kugula wayekuthole khona emsebenzini ngenxa yengcindezi ayesebenza ngaphansi kwayo. Hhayi-ke bawukhokhele umndeni wakhe lelo tshe lemali. Kuthe kusenjalo lo mfana okwabe kunguye obhekelele ezezimali wakha isu nomunye wabangani bakhe.

Kuthiwa wahlangana nalo mngani wakhe bahlela ukuthi makahambe aye emzini walo baba osemakhaya ayozenza indodana yalo baba ayizala eGoli. Kuthiwa kwaba lula kakhulu ngoba le nsizwa eyayibhekelele ezezimali yabe inayo yonke imininingwane yalo baba owashona kusukela ekutheni umuzi wakhe ukuphi nokuthi unezingane ezingaki. Ingane kuthiwa yayiyinye vo, nayo kungeyentombazane. Hhayi-ke ngempela kuthiwa yatheleka insizwa yansondo emzini walo baba yafike yabatshela ukuthi yona izalwa ubaba walapha ekhaya okade esebenza endaweni ethile, eGoli. Yachaza yonke into. Kuthiwa nalaba bantu balapha ekhaya bethuka impela ukuthi wazi yena ngempela ubaba, bakholwa ukuthi uzalwa nguye," kuqhuba uPhakamani. Ngaleso sikhathi uMandisa wayesewaqwebule kakhulu amehlo wena owabona ikhanda lembuzi esinqunyiwe.

"Pho kwagcinelaphi?" uMandisa emagange.

"Bathi umndeni wathatha wonke amathemba wawafumba emahlombe ale nsizwa abase beyibiza ngendlalifa kangangokuthi zonke izinto zaphathiswa yona. Hhawu, insizwa kuthiwa yayilungisa ikhaya, yenza konke nje ongakucabanga okungenziwa owesilisa egcekeni. Ithe isuka imakwabo yathenga imoto entsha ceke! Kuthiwa kwakungeve kuyinjabulo kumama walapha ekhaya nosisi wakhona bejabulela ukuthi base benomuntu wesilisa onomqondo ophusile emuva kokuthi beshiywe ubaba wekhaya. Kuthe besabheke lokho insizwa le yabatshela ukuthi isafuna ukuthi shwi khona kwaNdonga ziyaduma ngoba kukhona efuna ukuyokulungisa. Kwaba ukugcina kwabo ukuyibona insizwa yansondo inyamalala nemoto kanye namakhadi asebhange ayenemali yona le yalapha ekhaya. Namanje kulowo muzi selokhu kwalala ikati eziko," kusho uPhakamani.

Yake yathi ukumethusa le nto uMandisa, wazizwa emzonda uMbekezeli.

"Hhayi bo! Nabo kodwa abantu bakulowo muzi baba nobudedengu Phakamani! Bona babengathemba umuntu abangamazi nje oqhamuke ngoba ubaba wakhona engasekho?" Kubuza uMandisa.

"Phela okush' ukuthi nsizwa ndini leyo yakwazi ukulalisa ulimi ukuze bayikholwe. Futhi vele ngaleso sikhathi yayingekho le nto eyenziwa manje yolibofuzo. Angifunike nawe wenze ubudedengu obufana nalobo ngoba uyokhala uzithulise," kuqhuba uPhakamani.

Amazwi kaPhakamani amenza washintsha ukucabanga uMandisa ngoMbekezeli. Ingani kuyenzeka abantu befane ngeziqu zomzimba, kokunye baze befane ngakho konke kodwa kungesibona besende linye. Pho yini eyayimenza athembe uMbekezeli ngalokhu ayekusho ngomlomo. Yebo, yena wayefike nakho okungamaphepha okwakumchaza njengomntwana

216

kaMnumzane uDlamini, kodwa phela kuyaziwa ukuthi amaphepha lawo ayenziwa nje angabi aweqiniso. Asheshe abone uMandisa ukuthi into ezomsiza wukuthi enze ulibofuzo ukuze abe nesiqiniseko sokuthi izinto zikayise uzidedela esandleni esifanele yini. Lokhu-ke kwakuzoba ukwazi kwakhe yedwa ngoba mhlawumbe uMbekezeli wayezophatheka kabi ukuthi kanti uMandisa akamethembi. Kwazi bani? Mhlawumbe nje wayezomane ezwe ele-DNA amane ambe ambulule nosakabhudu lwezingane zakhe.

\*\*\*

Abantu baseMseleni babewele ngelibanzi ngokuba khona kwaleli kolishi likaNdondo noMqemane. Bheka nje ngoba ayikho ingane eyabe ingathandi ukufunda kulo ngenxa yezinga lemfundo elalibatshazwa khona. Iyona-ke le nto eyayidale ukuthi kwehle ngisho izingane ezivela koJozini, Manguzi, Hluhluwe, Pongolo nakuzo zonke izindawo ezakhele isifunda uMkhanyakude ukuze zizofunda kuleli Kolishi lamakhono. Isibalo sabafundi sabe sikhula ngesivinini esikhulu, kanti nabazali futhi babenganqeni ukukhokha. Angithi vele kakade

217

sekwaziwa ukuthi imfundo esezingeni eliphezulu iyona le ekhokhelwayo uma uyiqhathanisa nale engakhokhelwa. Bheka ngoba ngesigaba sesibili sonyaka kwabhalisa abafundi abevile ezinkulungwaneni eziyisishiyagalolunye bebhalisela ukufunda emikhakheni eyahlukahlukene.

Base bewubona nabo oMqemane umsebenzi abawenzayo ukuthi uyahamba. Inkinga yaqalwa uNdondo. Kukhona ayesekusola kamuva nje uNdondo. Yingakho-ke abona ukuthi ake athi ukuxoxa noMqemane, hleze bavumelane ngazwi linye.

"Sebethanda ukuba baningi kakhulu manje abantu ababona leli kolishi lethu njengento ephilayo Mqemane."

"Ehena! Hawu! Kanti yinto enhle leyo Ndondo ngoba kush' ukuthi sisazoyibulala imali," uMqemane egigitheka.

"Eyi! Wena Mqemane ave ungasheshi ukubona izinto. Uyabona manje, yiso kanye isikhathi sokushaya utshani!" Kusho uNdondo.

"Habe! Usuyasangana yini Ndondo? Uyazizwa ukuthi uthini?" Kubhoka uMqemane.

218

"Lalela Mqemane. Njengoba sesidume kangaka kuchaza ukuthi sekuseduze ukuthi nezikhulu zoMnyango wezeMfundo zisibheke ngehlo elijulile. Ukhumbule Mqemane ukuthi ngenkathi iKolishi liqala ukuba nedumela lokwenza kahle kuzotheleka izintatheli kungekudala. Izintatheli-ke zisuke zilandelwa yizikhulu zoMnyango. Cabanga-ke sebefika befuna isitifikethi esisigunyaza ukuthi sisebenze! Phaphama Mqemane!"

"Mmm! Washo ngabona nsizwenye. Ewu! Kodwa ngemali ebesisazoyithola kule ndawo!"

"Isiningi le esiyitholile Mqemane kunokuba siphucwe kwayona le singabe sisathola lutho, siphinde sibolele ejele," kusho uNdondo eqhubeka nokususa inkungu eyabe ilele emehlweni kaMqemane.

"Manje ithini-ke into yethu?"

"Kumele bevuke kusasa singasabonwa nangokhalo nsizwa yakithi."

Yebo, bavumelana-ke ngokuthi babezovuka ekuseni kakhulu bangene ezimotweni zabo maqede bashaye bachithe. Awu! Yazika inqanawe madoda! Yeka ngezimali zabantu bakule ndawo ababezichithile ngethemba lokuthi langa limbe ziyothela izithelo ezinhle. Yeka lowa musa nesihe okungaka kanti abantu bazongcwatshwa bephila.

## 18. Ithuba Lesibili

Lapha-ke endaweni yaseMseleni imali abasebeyenze khona yayevile ezigidini eziyisihlanu. Njengoba kusa nje, kuntwela ezansi, bona sebeqinisekisile ukuthi baqoqe konke abacabanga ukuthi basazokudinga phambili. Izimoto zabo zenani eliphezulu zaphuma njalo zibamba umgwaqo oyitiyela osuka esibhedlela eMseleni, zakhuphuka njalo zafike zathatha isinxele zibamba umgwaqo u R22 obheke eningizimu. Yebo, zahamba njalo zaze zayodlula idolobha elincanyana iMbazwana, ziqhubeka njalo ziguduza ngabo ubumnyama zaze zayodlula eHluhluwe. Zehla njalo zabamba umgwaqo onguthelawayeka u-N2 sezilibangise kude kude ePort Shepstone eningizimu yeTheku nokuyilapho ababezofike bathi ukuquba khona besabungaza ukuhlomula kwabo.

Umphakathi waseMseleni wasale wadinda isililo, bekhala ngokufa olwembiza ngokucekelwa phansi yilokho ekade bebeke kukhona amathemba abo. Babodwa ababengayikholwa le nto. Ingani abanye babeze besho ukuthi bazobuya abaphathi, behlawumbisela nokuthi kungenzeka ukuthi kube khona isidumo esibathathile.

221

Angithi phela kuye kuthiwe ithemba alibulali. Abantu bakule ndawo baze baqala ukuqaphela ukuthi ayikho le nkukhu, awachithwe la manzi ngosuku lwesithathu. Ilapho-ke okwahlaluka khona ukuthi ayikho le nto. Inkinga enkulu ukuthi kwakungekho namunye nje umuntu owayengaba nolwazi ngokuthi badubuka kuphi nezwe bona oMqemane. Yebo, bona babenabo bandla ubungani futhi bekhululekile kunoma ubani abahlangana naye, kodwa babeqinisekisa ukuthi abalenzi iphutha lokukhipha ulwazi oluyiqiniso ngabo. Ewu! Yeka ngabantu abaningi kangaka madoda abasebethembele etohweni elalivuke ngenxa yaleli Kolishi, yeka ngemindeni eyayisizobuyela ekuhluphekeni kwayo kwakudala idle imbuya ngothi futhi. Kanti emhlabeni kunjani?

Udaba lwezwakala seluzwakala emisakazweni kubikwa ngekolishi mbumbulu ebelizinze endaweni yaseMseleni enyakatho nesifundazwe saKwaZulu Natali. Ephawula ngalolu daba kweminye yemisakazo lowo owengamele ezemfundo kuzwelonke wacela ukuthi umphakathi uqaphele ukulutheka kalula yilabo abasuke bevula izikole ezintsha.

"Abantu bakithi abakugweme ukuthola izinto kalula eduze ngoba lezo zinto ezinye zazo zisuke zingezomgunyathi. Sikhuthaza intsha nabazali bezingane eseziphothule umatikuletsheni ukuthi babhalisele ukufunda ezikhungweni ezaziwayo, ezisemthethweni. Ayikho futhi imali ekhokhwa esandleni kumuntu othile. Izikhungo zethu imali yokubhalisa uyifaka ebhange eliqinisekiswe yileso sikhungo. Siyazwelana kakhulu nabazali abalahlekelwe yizimali zabo. SiwuMnyango siyethembisa ukuthi iziwombe ezinjengalezi sizozama ngakho konke okusemandleni ukuzinqanda," kubeka umhlonishwa.

\*\*\*

UMbekezeli nomndeni wakhe base beqala ukuyejwayela le ndawo yasemakhaya. Ababekuqaphela nje ukuthi impilo yalapha yayingabizi, ingafani neyaseGoli. Ingani phela kulezi zindawo ezisemadolobheni uye ukhokhe uze ukhokhele ngisho amanzi lawa atholakala mahhala ezindaweni ezisemakhaya. Uke umangale nje ukuthi kanti bafuna ukhokhe uze uqothuke izinkophe yini. Babengasaziboni nje bebuyela eGoli oMbekezeli. Ingani lapha kuyaphileka noma lingekho itoho olibambile, inqobo nje uma uzongahlali ngezandla. Abantu bakule ndawo baziphilisa ngokulima kanjalo neminye imisebenzi yezandla. Ingakho-ke nomakoti kaMbekezeli kwakumele afunde ukulima ayeke ukugoqa izandla abe ukhamisa ngithele.

Isigaba sokuqala sempilo kaMbekezeli sasingabanga sihle futhi nje wayengazigqaji ngaso. Yingakho wayesethembele kuleli thuba lesibili ukuthi hleze kube noguquko empilweni yakhe. Into eyayimthokozisa nje wukuthi uMandisa wayemamukele ngezandla ezimhlophe. Kodwa-ke kukhona into ayengayazi uMbekezeli ayephezu kwayo uMandisa.

\*\*\*

Ngapha uPhakamani wayesamile kancane ukuqhubeka nezindaba zamalobolo. Ingani uMandisa wayephezu kwamacebo okuthola ngasese ukuthi ingabe ngempela uMbekezeli lona ungubhuti wakhe na. Phela le nto ayeyixoxelwe uPhakamani yayimethusile.

"Manje awusho sithandwa sami. Uzolwenza kanjani ulibofuzo ngoba akumele abone uMbekezeli ukuthi uyamsola?" kwakubuza uPhakamani.

"Khona kuthanda ukuba nzinyana, kodwa ngizozama ukuthi ngithole unwele lwengane yakhe le encane ngoba nginakho nje ukuyidlalisa uma ngifikile. Bayangethemba kakhulu. Buka ngoba ngize ngibashiye endlini ngiphumele nayo emnyango uma ngabe kukhona engikufunayo emotweni," kuqhuba uMandisa. Baqhubeka-ke laba bobabili bathokozela ithuba labo lesibili besothandweni elalike laphazamiseka ngenkathi uMaZwane egadla ngemithi kaNontombi. Noma beya emsebenzini babehamba ngemoto eyodwa beziqhubela uthando lwabo benganake lutho. Zona zabe sezikhona izinkulumo ezivelayo komakhelwane ngalaba bobabili kodwa kusho ukuthi zazingakafiki kuMaZwane lezo zindaba ngoba ukube zase zifikile babuzochitheka bugayiwe. Phela noma ngabe wayezihambele yena kwaMthembu kodwa uma ngabe esethola izindaba

225

zokuthi kukhona owesifazane osevale isikhala sakhe zazizomcasula. Yena wayefuna ukuthi uPhakamani ezwe ubuhlungu bokuba yedwa, hhayi ukuthi athole ithuba lokuba nentombi.

***

KwakunguMgqibelo kusihlwa. UMandisa wayelokhu ehambe ekuseni. Wayeqale wadlula wabona umfowabo kanye nomndeni wakhe wabe esedlulela eMpangeni esibhedlela esabe simenzela ucwaningo ngokuhlobana kwakhe nengane kaMbekezeli. Angithi isibhedlela sasikade simthumele umyalezo simazisa ukuthi sesiluphothulile ucwaningo. Yingakho-ke wayesephuthume khona ngoba emagange ukuthola iqiniso. Ngokwakhe wayefisa ukuthola imiphumela echaza ukuthi bahlobene ukuze kuzoqhubeka izindaba zamalobolo.

Izinto-ke zike zingahambi ngendlela ocabanga ngayo. UMandisa wayefike wathatha imiphumela waphuthuma ukuyivula. Yebo, wayefike emotweni wayivula. Kwake kwathi akazithanqaze phansi lapho ethola ukuthi

226

imiphumela iyaphikisana nalokhu azitshela khona. Yonke le nto yavele yamdina nje. Okusho ukuthi lo Mbekezeli ndini uyiqola nje elifuna ukuzowaka yonke into anayo maqede lishaye lichithe.

"Uqambe eshilo-ke ngoba ngeke akubone lokho!" Kwakusho uMandisa eyizamulisa kakhulu imoto, enxapha, edemelayisa, esho lonke uhlobo lwenhlamba ayeke wayizwa ngaphambilini. Yize yayimdina le nto kodwa wakhetha ukungayi kuMbekezeli esadinwe kanje. Wabona kukuhle ukuthi aqale kuPhakamani owayehlezi njalo emnika amacebo okuthatha izinqumo eziphusile kuleyo naleyo nkinga abhekana nayo.

Ufika nje uPhakamani sekukade emlindile.

"Hawu! S'thandwa… wabuna nje? Kanti ithini imiphumela?" kubuza uPhakamani.

"Uyazi angeke ukholwe Phakamani ukuthi lenj… angeke ukholwe ukuthi…" avele anxaphe unomphela uMandisa.

"Ayibo! Mandisa!"

"Ngiyakutshela Phakamani. Imiphumela iyaphikisana nje nokuthi mina nabo sihlobene! Yeka ngendlu yami... izimpahla zami abazisebenzisayo! Hawe Ma!" UMandisa esho ngokufutheka.

"Ehlis' umoya s'thandwa. Nginecebo mina."

Wayesathi ufuna ukuzwa icebo likaPhakamani uMandisa ngenkathi kuzwakala ukungqongqoza komuntu emnyango. Lo muntu owayengqongqoza sengathi wayeqeqeshiwe ngoba ukungqongqoza kwakhe kwabe kuyilokhu okuhleliwe.

Asukume uMvelase eshiya uMandisa kusofa aqonde emnyango. Awuvule. Akazange akholwe lapho ebona uMaZwane kanye nonina. Ame khimilili uPhakamani. Ababheke, nabo bambheke.

"Sicela ukungena," kusho uMaZwane samuntu owayevele azi ukuthi kukhona umuntu ongaphakathi owayengenza ukuthi uPhakamani agoloze ukuthi bangene. UMaZwane wasindela ukuthi wayehamba nonina. Impela ukuba wayehamba yedwa wayezoluqalekisa usuku azalwa ngalo. Abavumele

228

uMvelase ukuthi bangene ngoba ehlonipha umkhwekazi wakhe.

Ngenkathi bebonana uMandisa noMaZwane, lo wesifazane onguMandisa yena wayelokhu ebheke phansi njalo, enamahloni okubhekana nomfazi wendoda. UMaZwane yena wayelokhu embuke lokho njalo uMandisa, ezama ukufunda okuthile kuye. Wayelwa nokubuyisa okuthile engqondweni kodwa ehluleka. Akwazeki noma wayezama ukufunda ingqondo yakhe ukuthi icabanga kanjani uma ekwazi ukuthatha indoda enomkayo.

"Ndodana, asizile ngokubi lapha futhi asizami ukuzogxambukela ezindabeni zakho. Sithe ake size ukuze sizozama ukuxazulula lolu daba lwalezi zingane," uMaMchunu emuthi jeqe uMandisa ngeso.

"Mina angiyiboni into esizoyilungisa lapha mama ngoba lo," uPhakamani ekhomba uMaZwane.

"Wazihambela ngokuthanda kwakhe, nawe futhi mama awuzange uzihluphe ngokuthi umbuyise lapha! Ngempela ngempela benithi angenze njani?"

"Ehlis' umoya ndodana ukuze sizolulungisa lolu daba. Thina asilwisani nokuthi uganwe okwesibili, into esifuna ukuyazi nje naye umakoti omusha futhi azi ukuthi kungani ukhetha ukuthi uganwe futhi. Noma mhlawumbe yena useyasazi isizathu?" Kwakubuza uMaMchunu.

Zavele zayima emthumeni kuPhakamani. Uhlobo olunjena lombuzo olufika ungazelele luvele lukwenze ungazi ukuthi uzophendula uthini ngoba impendulo isuke ifuneka khona manje. Waqala wadonsa umoya uMvelase nokwabe kuzinkomba zokuthi lukhulu olumesindayo.

"Ngizoqala ngokucela uxolo kuMaZwane okwathi langa limbe ngamethembisa ukumthanda ngokungenamibandela, ngathembisa ukumenza umkami wokuqala nowukugcina. Ngisazikhumbula izethembiso zami, okubuhlungu nje wukuthi ezinye zazo kuhambe kwahamba ngazephula. Ngiphinde ngixolise kuwe mama ngokuhlukumeza ingane yakho engaziyo ukuthi wukuphela kwayo. Ngiyaxolisa kakhulu," uMvelase egobodisa. Aqhube athi; "Okokugcina ngicela ukuxolisa kuwe Mandisa…"

"Hawu! Phakamani! Uxoliselani-ke kimi? Ngabe uxolisela ukungithanda kwakho noma usufuna ukushintsha zonke izethembiso ozenzile, ungilahle?" Kubuza uMandisa edidekile.

"Akunjalo Mandisa. Ngixolisela ukuthi angizange ngikutshele iqiniso mzukwane ngihlangana nawe." Babukane emehlweni bonke.

"Iqiniso lani Phakamani?" UMandisa emagange ukuzwa.

"Mandisa… mina ngakhulela eMzimkhulu…" amenqake uMandisa.

"Manje?"

"Ngisakhula ngangiwumuntu ongaziphethe kahle. Ngangiyinto yezidakamizwa nje eyabe ingafunwa muntu ngaleso sikhathi. Ngiyakhumbula langa limbe ngihamba nomngani wami uZoro. Noma ngingasakhumbuli kahle isikhathi kodwa ngiyakhumbula ukuthi kwakusebusuku. Ngiyakhumbula futhi sihlangana nentombazanyana eyayiphethe izincwadi. Ngisakukhumbula konke esakwenza kuyo, ngiyasikhumbula isihluku esasenza kuyo ingane yabantu eyabe ingenzanga lutho. Manje

231

kuthe uma ngihlangana nawe ungixoxela ngomshophi owakwehlela ngavele ngabuyelwa yiloluya suku engqondweni. Ngibe sengiba nozwelo ngafuna ukukusondeza eduze ngithole ithuba lesibili lokwenza okwehlukile kulokhu kungcola esakwenza kuwe…"

Wayesaqhubeka nodaba lwakhe uMvelase ngenkathi esukuma uMandisa ebamba ikhanda, elidedela, ekhihla isililo. Babesashaqekile kanjalo nangenkathi ephuma elandelwa yisicabha esavaleka mawala, kwalandela ukuduma kwemoto. Yazamula iyophuma ngesango. Wahamba njalo uMandisa ebheke emzini ayewakhe ngenxa yothando lukaPhakamani. Bake badideka nje oMbekezeli ukuthi le moto edla amagalane kangaka kwenzenjani. Babesadidekile futhi nangenkathi kungena uMandisa nemvilophu, eyizimbeva. Ngesinye isandla wayephethe ivolovolo owafika walikhomba kuwo wonke umuntu owayesendlini.

"Ngitshele inhloso yakho njengamanje mfowethu mbumbulu. Uzofunani lapha ekhaya?" Hawu, kwenzenjani manje dadewethu? Kungani ukhomba umndeni wakho ngesibhamu? Uthusa abantwana."

Kwaba sengathi usiphakamisa kakhulu uMandisa isibhamu sengathi uselungele ukuyishisa enyameni inhlamvu.

"Mbekezeli... Nx, angazi noma unguMbekezeli wangempela yini... Lalela, nabu ubufakazi obuhlonza ukuthi asihlobene nakancane nawe..."

Wabakaza uMbekezeli, wathi ndlengelele. Washo ngeliphansi nelikhathele izwi wathi: "Naze nangilaya Ndondo!"

"Uthi kunjani? UNdondo wani yena lowo?"

"Dadewethu, ngesikhathi ngiseGoli ngike ngasebenzisana nezinsizwa okuthiwa uNdondo noMqemane. Ngangibazamela abantu mina bese bekhulisa izimali zabo. Kahle kahle kwakuyibhanoyi. Kuthe kamuva lavela iqiniso ngabo. Baphuma ngesamagundane. Angizange ngiphinde ngithole inhlalakahle lapho bengikhona abantu bengisongela befuna izimali zabo. Ngibe sengithinta bona oNdondo ukuba bangizamele indawo yokufihla ikhanda, ngabasabisa ngoba nami bengingasahleli kahle. Bengibathembisa ukukhombisa amaphoyisa ikubo ngoba ngiyalazi. Kulapho-ke uNdondo engitshele ngentombazane yakwaDlamini enenswebu yami. Nokuthe uma ezama ukucwaninga ngayo wathola ukuthi izalwa nguDlamini owayesebenza eGoli, esimaziyo thina noNdondo. UDlamini lowo wabulawa yisifo senhliziyo emveni kokuthi oNdondo beshaqe imali yakhe bethi bazoyizalanisa. Besazana impela nobaba wakho…" wayesegeqa amagula uMbekezeli, esejuluke emanzi.

Kwaba sengathi uyahlanya uMandisa. Wayesabakhombile nangesikhathi ehlohla ucingo eluqondise emaphoyiseni. Akazange akuzwe ukuzincengela kukaMbekezeli.

Isililo sezingane sasizwakele komakhelwane. Babefike ngothi lwabo bezobukela intombazane ivimbezele umndeni thizeni ngesibhamu. Kulapho-ke bezwa khona udaba lwabaphathi bekolishi.

Wawusumunye zwi ushwele kuMbekezeli, ukuba akhombe oNdondo noMqemane lapho bekhona bese eba ufakazi oqanda ikhanda enkantolo.

234

Wayeseqedile manje ngoMbekezeli. Eseqedile ngoNdondo noMqemane angabazi, futhi ababe yisizathu sokufelwa abazali kwakhe. Kwase kufanele abuyele kwaMthembu, ayothatha isinqumo ngoPhakamani. Isinqumo esiwujuqu. Isinqumo esasizothatha uPhakamani simshove ngaphansi komhlabathi, umphefumulo uye ekuzulazuleni njengeminye imiphefumulo yezigelekeqe nezoni.

Wayengafuni ukukholwa ngempela ukuthi uPhakamani lo okade emkhombisa uthando olungaka nguye kanye lo owamdlwengula. Mhlawumbe kwakuzoba ngcono ukuba wayevele wambulala ngalo lolo suku. Mhlawumbe ngabe akazange abuzwe ubuhlungu obungaka. Okwase kumnenga kakhulu kunakho konke wukuthi wayesemsondeze kuye kanti yena uyazi ukuthi usula ihlazo lakhe. Umvezela isihe esingaka nje kanti nguye owathwebula imizwa yokuthemba abesilisa – ungumthakathi isibili.

Izinyembezi zazilokhu zigobhoze njalo kuMandisa lapha emotweni kuhle kwemvula yomvimbi ehlobo. Bheka ngoba le ngubo ayeyigqokile yabe isimanzi te lapha emacabekweni ngenxa yazo belu izinyembezi.

Kanti yena wonani kangaka emhlabeni? Yiliphi leli cala ayelithwele? Wayekweleta bani? Ini? Waqhubeka wahamba bandla umntanomuntu engangabazi nokho ukuthi lolu sizi olwalumnakashele lwaluzomququda, lumququde, lumsobozele, lumsobozele, kancane, kancane luze lumgojele!

\*\*\*

Wayesalokhu ekhale njalo uMaZwane. Wayesencengwe kwaze kwaphela isineke. Ukukhipha kwakhe izwi kwaba ukuthi athi nje; "Angikaze ngicabange ukuthi kungehlela mina ukuthi kule minyaka engaka kanti ngihleli nomdlwenguli kaMandisa." Kwake kwathi ukubadida lokho bonke ngaphakathi. Besaqwebule amehlo bembhekile uMaZwane waphinda waqhubeka futhi.

"Ngesikhathi sikhula mama uzokhumbula ngesigameko esavelela umngani wami ngenxa yokudlwengulwa. Ngiyakhumbula futhi uthi asithuthe le eMzumkhulu size lapha kanti sengizisondeza kumdlwenguli owanukubeza umngani wami le emuva eMzimkhulu. Angazi kwakwenzenjani size silandelane kangaka sonke nomuntu owayexove ubungani, wasihlukanisa kabuhlungu kanjeyana. Bengingazi-ke mina ukuthi kanti ngihleli nomdlwenguli sonke lesi sikhathi ngoba angikaze ngimfanise kubafana bendawo esasikhula nabo kodwa uZoro ngiyamkhumbula." Bankeme bonke manje endlini.

"Senzi!" Kubabaza umama wakhe. "Awu, Thixo onofefe! Ngaze ngakubona okukhulu namuhla! Kwayena lo mntwana wakwaDlamini mina bengingasamboni kodwa manje sesiyabuya isithombe sakhe. O, Mkhululi!" Kuzikhalela uMaMchunu.

"Ngicela umlande uMandisa, Phakamani. Uyakudinga ukuthandwa emuva kwalokhu kuhlukunyezwa owamenza khona. Umtshele ukuthi ngiyamemukela mina mngani wakhe, uSenzeko MaZwane Mthembu ukuba abe ngumnakwethu…"

\*\*\*

Wayephinde waphoseka uMandisa emzini kaPhakamani noMaZwane bengakaze bakuzwe nokuduma kwemoto.

Wayesaphethe sona isibhamu sakhe. Wangena esekhombe uPhakamani ngaso. Bankema bonke. NguPhakamani owayesethithibele, ekhamisile. Wayeselindele ukukhala kwesibhamu esasizothumela inhlamvu ezothatha umphefumulo wakhe. Waphinda wajeqeza uMaZwane uPhakamani. Wayefuna alikhiphe leliya zwi lokuthi uyamemukela uMandisa njengomfazi wesibili. Kwakukabili. Mhlawumbe uMandisa wayeyolamukela lelo thuba abe umfazi wesibili. Mhlawumbe futhi wayengeke esafuna nokuzibandakanya nje nothando lomdlwenguli. Yena wakoMthembu kodwa wayelidinga ithuba lesibili. Uma wayeyolithola wayeyothanda womabili amakhosikazi akhe, awathande sengathi uyaqala ukuthanda. Awaphathise okwezingelosi isibili. Izikhiye zaziphethwe nguMandisa manje ngoba uMaZwane wakhe, uSenzeko Mthembu wayeselikhiphile igunya, wamnika yena umyeni wakhe ithuba lesibili.

Printed in the United States
By Bookmasters